三分管人 七分带人

带团队就是这几招

星野◎编著

浙江人民出版社

前言

作为企业领导者，也许你会有这样一些困惑：自己招聘的员工，能力强，技术好，但加入企业后却看不到他们的成效；有些员工，他们不听从管理，把你的话当成耳旁风；还有些员工，他们工作懒散，做事敷衍，得过且过……

只要是办企业，谁都希望自己的企业越做越强、越做越大。那么如何才能把企业做强做大呢？俗话说，一个篱笆三个桩，一个好汉三个帮，个人的力量是有限的，团队的力量才是无穷的，领导者只有充分发挥团队的力量，才能让自己少受累，同时把企业做大。那么，又如何打造出一支充满活力、作风过硬的团队呢？

能聚人者以一当十，善带人者合百为一。管人是一门学问，带人是一门艺术：颐指气使，用惩罚使人害怕不是本事；不令而从，凭魅力让有本事的人为己所用才是本事。

《三分管人，七分带人：带团队就是这几招》一书将告诉你如何具备登高一呼、应者云集的号召力，如何习得人尽其才、平衡各种力量的统筹能力，如何学会应对困难、处理问题的能力，等等。

高明的领导者懂得带人，懂得充分发挥团队中每个成员的聪明才智，让他们不断提高，不断进步；高明的领导者懂得激励成员的工作热情，培养成员的工作能力，让员工不仅跟着干，还能独当一面。《三分管人，七分带人：带团队就是这几招》一书，内容简洁易懂，定位清楚，读完你会受益匪浅。

也许，有人对此嗤之以鼻，觉得自己学的是管理专业，也参加过不少培训，是管理行家，至于员工不听话、团队没业绩，问题不是出在自己身上，而是市场不景气，是员工个人素质问题……那么，果真如此吗？

有个渔人有着一流的捕鱼技术，被渔民们尊为“渔王”，然而渔王年老的时候非常苦恼，因为他三个儿子的捕鱼技术都很平庸。

于是他经常向人诉说心中的苦恼：“我真不明白，我捕鱼技术这么好，我的儿子们为什么这么差？我从他们懂事起就传授捕鱼技术给他们，从最基本的东西教起，告诉他们怎样织网最容易捕到鱼，怎样划船不会惊动鱼，怎样下网最容易请鱼入瓮。他们长大了，我又教他们怎样识潮汐、辨鱼汛——凡是我长年辛辛苦苦总结出来的经验，我都毫无保留地传授给了他们，可他们的捕鱼技术竟然赶不上技术比我差的渔民的儿子！”

一位路人听了他的诉说后，问：“你一直手把手地教他们吗？”

“是的，为了让他们学到一流的捕鱼技术，我教得很仔细很耐心。”

“他们一直跟随着你吗？”

“是的，为了让他们少走弯路，我一直让他们跟着我学。”

路人说：“这样说来，你的错误就很明显了，你只传授给了他们技术，却没有传授给他们教训——没有教训和没有经验一样，都不能使人成大器。”

学习不等于精通，还要应用到现实中去。所以，即使你是科班出身，即使你知道很多管理之道，不实践就是白费。翻开本书，让我们一边学习一边实践吧。

目 录

第一章 不懂带团队，你就自己累

第二章 管人不是本事，会带才是真本领

第三章 以力管人，不如以智带人

第四章 抓细节，让有本事的人为己所用

第五章 浇树要浇根，带人要带心

第六章 凝聚人心，上下同欲者胜

第七章 限制下属成长，只能事必躬亲

第八章 树立威望，不令而从

第九章 刚柔并济，俘获得力干将

第十章 抓大放小，尽人之智

第十一章 通情达理，激发团队合力

第一章 不懂带团队，你就自己累

火车跑得快，全靠车头带

战国时齐国的大将田忌很喜欢赛马。有一回，他和齐威王约定，进行一次比赛。他们把各自的马分成上、中、下三等，比赛的时候，上等马对上等马，中等马对中等马，下等马对下等马。由于齐威王每个等级的马都比田忌的强，三场比赛下来，田忌都失败了。田忌觉得很扫兴，垂头丧气地准备离开赛马场。

田忌的好朋友孙膑看到了，告诉田忌说：“你再同他赛一次，我定让你取胜。”田忌疑惑地看着孙膑：“你是说另换几匹马？”

孙膑摇摇头，说：“一匹也不用换。”

田忌半信半疑地同意了。比赛的那天，孙膑让田忌用下等马对齐威王的上等马，第一场输了。接着进行第二场比赛，孙膑让田忌拿上等马对齐威王的中等马，胜了第二场。第三场，田忌拿中等马对齐威王的下等马，又胜了一场。两胜一输，田忌赢了齐威王。

马还是原来的马，只是调换了一下出场顺序，就转败为胜。这说明什么？正所谓“火车跑得快，全靠车头带”。

企业管理的关键在于带人、带团队。俗话说，一个篱笆三个桩，一个好汉三个帮。单靠自己一个人的力量是不够的，带领团队也是如此。高明的领导者，不会事无巨细地管，因为他们知道这样只会让自己忙忙碌碌，疲惫不堪。高明的领导者懂得带人，懂得充分发挥团队中每个成员的聪明才智，让他们不断提高，不断进步，懂得激励成员的工作热情，培养成员的工作能力，让员工不仅跟着干，还能独当一面。

员工成功，企业才能大成功。这句话的背后隐藏着一个重要的前提：让员工具备能力，尤其是具备有别于对手的独特能力，员工才能成功。作为团队领导者，注重培养下属的能力是一项基本的、重要的工作。

团队领导者最为重要的职责就是要将下属训练成狮子，将团队变成狮子群。

某航空公司承接了一份短程往返航班的分包合同，就是把乘客从主航线机场运送到地区内的其他小机场。执行这份合同对于这家航空公司来说并不是什么难事，它有足够的实力完成得很出色，但结果却事与愿违。

尽管这家分包公司的员工懂礼貌、勤奋，工作效率也很高，但是自从该航班开始运行后从来不能按时到达，更糟的是还不断取消航班，总是迟到数小时，有时甚至迟到一天，经常耽误乘客的重要活动和会议，乘客的怨言很大，越来越多人放弃乘坐，改换其他方式。最后，由于运营效益太差，短程往返航班分包合同被合作单位收回，公司随之倒闭。

作为服务型企业，航空公司员工素质和工作能力决定着企业的“生死”。后来，这家公司的老板在反省经营问题时，他把“没有注重员工能力的培养”当作失败的第一大原因。

其实，对任何公司而言员工能力差就会危及整个公司满足顾客需求的能力，从而使企业失去生存的条件和基础。作为团队领导者，要懂得提升员工的工作能力，促进员工成长，使员工具有竞争力，这是企业能够取得高速发展的不二选择。

找准工作重点，搞活全局

在企业中总有一些人，他们能力强，技术好，但带领的团队却不理想，成员提不起精神，团队看不到绩效。每个人都希望自己带领的团队是一支所向无敌的团队，那么应该如何打造一支永远充满活力的过硬团队呢？

主将无能，累死三军！作为团队带头人，眼睛不能总是盯着鸡毛蒜皮的小事，领导者的工作就是统揽大局，“抓住重点，带动一般”，“突破难点，搞活全局”，能在全盘工作中抓住主要矛盾，找准工作重点，一切问题就会迎刃而解。

一个地区、一个单位、一个部门的领导，工作总是千头万绪、复杂多变，除了计划内的工作在日程表上排得密密麻麻，经常还会接到上级临时交办的工作，时不时还会有一些突发性的事件需要去处理。在这种情况下，如果团队带头人能够运筹帷幄，安排得当，那大家的工作就能顺利地展开，事情就能有条不紊地进行，否则就会搞得大家疲惫不堪，怨声载道。

那么，团队带头人如何才能从繁杂的事务中解脱出来，牢牢掌握住驾驭全局的主动权呢？这就要求领导者要抓重点，提纲挈领地抓住主要任务后，工作局面就会纲举目张，一切就会顺风顺水。

唐朝末年，裘甫起兵叛乱，攻占了几个城池。朝廷任命王式为观察史，镇压动乱。王式刚上任，便命人将县里粮仓中的粮食发给饥民。众将官迷惑不解，都说：“您刚上任，军队粮饷又那么紧张，现在你把县里粮仓中的存粮散发给百姓，这是怎么回事呢？”王式笑着说：“反贼用抢粮仓中存粮的把戏来诱惑贫困百姓造反，现在我向他们散发粮食，贫苦百姓就不会强抢了。再者，各县没有守兵，根本无力防守粮仓，如果不把粮食发给贫苦百姓，等到敌人来了，反而会被敌人所用。”叛军到达后，百姓果然纷纷抵抗，不到几个月的工夫，叛乱就被平定。王式眼光敏锐，发现了粮食这个工作重点，轻而易举就平定了叛乱。

日本著名经营管理学家镰田胜说：“优秀的领导者，都是把力量集中到一点上，靠全力以赴攻关才取得了一般人不能取得的卓越成果，其秘密就是如此简单。”他还说：“如果一个领导在一个岗位干了很长时间仍不知道关键的工作为何，那就是一个不合格的领导。”这段话很中肯，作为团队的领导者，如果心无定性，遇到什么事情就干什么事情，不能分清工作的主次、轻重、缓急，胡子眉毛一把抓，到了最后肯定是一无所获。那么，怎样才能提纲挈领地开展好工作呢？

集中突破。打仗的时候，有“集中优势兵力打歼灭战”一说，领导干工作时，也可以运用这个军事原则，那就是找准重点工作后，集中人力、财力、物力，健全组织机构、抽调优秀人才、加强舆论引导，目的就是全力以赴地攻关，力争在尽量短的时间内有所突破，有所建树，让上上下下都能看见自己的成绩。如此一来，向上可以争取政策与财物，向下可以激励人心士气，形成良性循环，最终带动方方面面的工作都有所起色。

心无旁骛。中心工作是一个团队在某一个时期全部工作的灵魂，一切工作都应该为中心工作让路。如果领导同时搞几个中心工作，或者时不时地追加几个中心工作，会让大家迷茫到底该先干什么。俗话说“将军赶路不打野兔”“五行不定，输得干干净净”，什么都想干好，什么都想抓好，结果什么也没有抓住。过了一段时间以后回过头来看，虽然忙忙碌碌，但政绩依然平平。

能在全盘工作中抓住主要矛盾，找准工作重点，一切问题就能迎刃而解。能不能带好自己的团队，差距有时或许就在这个关键点上。

让员工知道你对他的期望

要想让员工积极主动，自愿为你效力，就要让员工知道你对他们的期望。

企业对员工表达期望的主要方式是分配其重要任务。英国卡德伯里爵士认为：“真正的领导者鼓励下属发挥他们的才能，并且不断进步。失败的领导者不给下属决策的权力，奴役下属，不让下属有出头的机会。这个差别很简单：好的领导者让下属成长，不好的领导者阻碍下属的成长；好的领导者为他们的下属服务，不好的领导者则奴役他们的下属。”

让员工承担重要工作，是促进员工成长的最有效方式。松下幸之助就很重视企业人才的培养，他常对年轻人说："我对这事没有自信，但我相信你一定能胜任，所以就交给你办吧。"根据员工的才能、潜力委派任务，再适当地加以指导和引导。对工作较为突出的员工，要善于压担子，给其提供锻炼与发展的机会，挖掘其潜力，使其创造更大的成绩。领导者越是信任，越是压担子，员工的工作热情就越高，工作进展就越顺利。

作为世界上最大的石油和石油化工集团公司之一的BP（英国石油公司）就常用任务来促进员工成长。BP建于1909年，总部位于英国伦敦，是由原英国石油、阿莫利、阿利、嘉实多等多家集团重组而成。其业务包括石油及天然气的勘探和生产，天然气电力和石油的销售以及石油化工和清洁能源太阳能的生产等。它也是世界上主要的交通燃料制造商和销售商，在燃料质量、装运、销售和零售方面享有盛誉。BP全球雇员约11.5万人，在全球拥有2.92万个加油站，其中在美国有1500个。

BP首席执行官布朗要求BP公司的每个员工都要清楚两点：第一，自己的任务是什么，自己应该做什么，而不是由别人告诉你做什么。如果是公司的管理人员，他还要对团队成员的才能、素质以及自己所能做成的事情十分清楚。第二，任何人都要能做出详尽的工作计划，在研究公司战略上必须清楚并能正确评估其资金实力和可能有的多种选择。通过这两点，保证了整个团队的每个人都知道自己该做什么。因为当每个人都知道什么事情能做和应该做，就能迅速行动，员工就能在完成工作的同时得到快速成长。

BP很重视对年轻人的培养。他们的目标是使每一个进入BP的人都能做得更好。他们对有才能的年轻人进行培训，让他们到不同岗位、不同国家工作，丰富他们的经验，提高他们的领导技能，有能力的就提拔。对公司的接班人，还要让他们了解公司的整体状况，了解决策是怎样作出的。决策前必须听到最好的建议，而不是先决策，再咨询。

对于有潜质成为高级管理人员的人，布朗最独特的培训方法之一是让他做 1 年至 1 年半的个人助理。个人助理在公司内被戏称为“海龟”——这个词来自日本动画片《忍者神龟》。作为布朗的助理，小到递雪茄盒，做日程表，大到旁听董事会辩论、决策，都要全程参与。布朗说，这是让年轻人可以通过观摩来学习怎样作出正确决策，怎样向人解释决策，怎样沟通，碰到问题时知道哪些该做，哪些不该做，明白如何分轻重缓急等。当然，最核心的问题是学会怎样成功。BP 是个大公司，许多事情要靠各级领导者的个人决断，所以，布朗认为最好一次选对人，否则后患无穷。被重点培养的人能够充分感受到公司的期望，从布朗办公室走出的高级管理人员的工作都很出色。“我们有最好的队伍”是 BP 骄傲地写在年度报告上的三句话之一。布朗说，正是这样的机制使 BP 非常有效率。

相反，把员工看作是“螺丝钉”，员工丝毫感觉不到公司的期望，公司领导者出于担心员工能力不足而事必躬亲，这样不仅会累坏自己，也不利于员工的进步和企业后备人才的培养。团队成员获得成长，领导者才能轻松起来。领导者能做的是对下属的言传身教，对下属的工作予以指导和鼓励。告诉员工你对他的期望，他就能达到你的期望。

出了问题，先调整好情绪

只要是办企业，谁都希望自己的企业越做越强、越做越大。领导者如何才能把企业做强、做大呢？个人的力量是有限的，团队的力量是无穷的。领导者只有充分发挥团队的力量，才能让自己少受累，同时把企业做大。那么，该如何打造团队呢？

一位著名的管理学家说：团队情绪会影响团队业绩，饱满激昂、积极向上的团队情绪，能够创造优秀的业绩，萎靡颓丧、消极低落的团队情绪，则连正常的工作业绩也很难保障。望梅止渴的故事大家可能都听说过，人是为希望而活的，如果人没有希望或信仰，就很难有工作的热情与动力。作为团队带领者，必须懂得调动大家的情绪，而其中关键的一点就是作为领导人，自己必须先保持积极的态度，让自己充满希望，这样才会更好地调动整个团队的情绪。

人最大的敌人并不是对手，而是我们自己。因此，我们只有将自己历练得更加坚韧，不再恐惧困难，才能更快地踏上成功之路。

1883年，工程师约翰·罗布林雄心勃勃地意欲着手建造一座横跨曼哈顿和布鲁克林的大桥。然而，大多数桥梁专家们认为这个计划纯属天方夜谭，劝他趁早放弃。罗布林的儿子华盛顿·罗布林——一个很有前途的工程师，也确信这座大桥可以建成，父子俩克服了种种困难，在构思着建桥方案的同时，也说服了银行家们投资该项目。

然而，大桥开工仅几个月施工现场就发生了灾难性的事故。父亲约翰·罗布林在事故中不幸身亡，华盛顿的大脑也严重受伤。许多人都以为这项工程会因此而中止，因为只有罗布林父子才知道如何建成这座大桥。

尽管华盛顿·罗布林丧失了活动和说话的能力，但他的思维还同以往一样敏捷，他决心要把父子俩花费了很多心血的大桥建成。一天，他脑中忽然一闪，想出一种用他唯一能动的一个手指和别人交流的方式。他用那根手指敲击妻子的手臂，通过这种方式由妻子把他的设计意图转达给仍在建桥的工程师们。整整13年，华盛顿就这样用一根手指指挥着工程，直到雄伟壮观的布鲁克林大桥最终落成。

这是一个令人难以置信的奇迹，华盛顿·罗布林在经历了巨大的灾难之后，仍然坚持用一根手指指挥工程，直至大桥最终落成。相比之下，公司有时遇到困难算什么呢？杰出的团队带领人总是积极向上，他们坚信：无论如何，方法总比困难多。

有一家公司，马上就要过年了，公司董事长却在为员工的奖金发愁，怕万一发不了奖金的话会影响到员工的士气。

按照往年的惯例，年终奖是要加发双份工资，可今年的盈利大幅滑落，这样的标准是达不到了。这时，总经理想出了一个办法，董事长听后眉头就顿时舒展了。

没过两天，公司突然传来小道消息："由于营业不佳，年底要裁员。"

顿时人心惶惶。每个人都在猜，会不会是自己被裁掉。最基层的员工想："一定会由下面杀起。"上面的主管则想："我的薪水最高，只怕从我开刀！"

但是，接着总经理就宣布："公司虽然艰苦，但大家同在一条船上，再怎么危险，也不愿牺牲共患难的同事，只是年终奖金，绝不可能发了。"听说不裁员，人人都放下心头上的一块大石头，那不用卷铺盖的窃喜，早压过了没有年终奖的失落。

眼看除夕将至，人人都做好了过个穷年的打算，彼此约好拜年不送礼，以共渡难关。突然，董事长召集各单位主管召开紧急会议。看主管们匆匆上楼，员工们面面相觑，心里都有点儿七上八下："难道又变了卦？"

没几分钟，主管们纷纷冲进自己的部门，兴奋地高喊着："有了！有了！还是有年终奖金，整整1个月的，马上发下来，让大家过个好年！"

整个公司大楼顿时爆发出一片欢呼，连坐在顶楼的董事长都感觉到了地板的震动……

寻找解决问题的方法虽然很不容易，但方法总是有的，只要我们运用自己的智慧努力地进行思考，难题终究会得到解决。作为团队的大脑，担负着引领大家走向辉煌的重任，现实中如果遇到了难题，就应该坚持这样的原则带领所有员工：努力找方法，绝不轻易放弃。

能力与任务不匹配，一切都是白费

《哈佛经济》杂志曾经报道，在对全球36万人长达20年的职业生涯的跟踪调查中表明，成为精英员工很重要的一点是确保他们的能力、兴趣及性格与所从事的职业相匹配。也就是说，当员工的能力、兴趣与他所从事的职位相符，个人秉性也与公司的文化相符时，不仅员工的潜能能获得最大的激发，而且工作效率能始终保持在一个高水平线上。

这个报道揭示了任务与员工能力相匹配的重要性。任务与员工能力不匹配的话，就会出现用人失误。历史上最著名的用人失误事件莫过于在长平之战中赵国起用了赵括。

公元前260年4月，秦派兵攻赵。赵国派廉颇为将抵抗。廉颇根据敌强己弱的形势，决定采取坚守营垒的战略。赵王以为秦国不可惧，应该主动出击，为此屡次责备廉颇。这时，秦国散布流言说秦国痛恨、畏惧的，是马服君赵奢之子赵括。赵王听信流言，便派赵括替代廉颇为将。赵括自大骄狂，在不明虚实的情况下，贸然进攻行动，结果中了秦军埋伏后大败。四十万赵军被秦军活埋。

在这个著名的战役中，赵王不能知人善任，将关乎国家命运的大事交给只会纸上谈兵的赵括，险些丧国。与此相反的是，秦王知道赵括最怕白起，于是果断启用他，最终取得了胜利。

全球华人企业顾问中心首席执行官、美国PDP大中华区战略合伙人、领导风格研究专家陈生民曾分析说："事实上，每个人身上都有一组'能力密码'，这组密码是开启一个人潜能的钥匙，每个人都不一样。能够解读能力密码的人就等于拥有了知人知心的能力。"

如果任务与员工的能力不能实现完美匹配，那么一定会出现的现象是：大材小用，或者小材大用。假如出现小材大用，造成的结果是该员工不能胜任工作，而其他员工会不服气；同样，如若出现大材小用，就会使员工认为自己怀才不遇而感到前途无望，他甚至会考虑离开。这里需要提醒的是，多数领导者最容易犯的错误是大材小用。企业为了谨慎起见，他们迟迟不敢起用员工，总是要考查、考查，再考查。

有挑战性，但通过努力又可以胜任的工作，最能激发人的潜能。事实上，没有人喜欢平庸，尤其对于那些风华正茂、干劲十足的员工来说，成功的满足感需要由富有挑战性的工作来满足，这种满足感比薪水有更强烈的激励作用。团队领导者应根据员工的能力来安排工作，既能保证工作与能力的匹配，又能保证员工对于完成工作的激情。

企业内部的岗位要求是相对固定的，但员工的工作能力是随着现实的实践、岗位的变化、学习的深入等不断增强的。每个员工在某个岗位上都会经历磨合期、成长期、成熟期和饱和期。然而，水饱和了就再也放不进糖，人饱和了就很难吸收新知识。一般来说，在某个岗位上处于饱和期的员工，就容易出现能力高于岗位要求的不和谐现象。

身为团队领导者，应该经常研究员工发展到哪个阶段了。对那些已经处于成熟期的员工，要适时让他们百尺竿头更进一步，给他们分配一个能力要求更高的岗位或难度更高的工作，以避免他们滑入饱和期，造成人才的浪费。

给员工以主人翁的尊严

先看看下面这个寓言故事：

在森林里，有一只两头鸟。这是个奇怪的动物，别的动物都觉得两头鸟应该很聪明，毕竟比别人多了一个头，大家都很羡慕它。这只鸟的两个头“相依为命”，但却有不同的习惯：一个爱吃肉，一个爱吃果。遇事向来两个头都会讨论一番，才会采取一致行动，比如到哪里去找食物、在哪儿筑巢栖息等。

有一天，一个头不知为何对另一个头产生了很大误会，谁也不理谁。觅食的时间到了，爱吃果的头希望能飞到果园里去，可爱吃肉的那个头不干，非要在树底下找蚯蚓。结果，为了吃什么，两个头开始争执。爱吃果的头很生气，找到一颗毒草开始大吃起来，希望毒死对方，消除心中怒气。结果可想而知，两个头都被毒死了。

不尊重对方的话，哪怕是同一个生命躯体上的两个头，也难以和谐。作为团队领导者，首先要尊重下属、尊重员工。现代管理学中著名的霍桑实验证明，与改善工作环境、实行计件工资、严格奖罚等措施相比，经常与员工进行沟通，给员工以主人翁的尊严和损益共担的归属感，更能广泛而持久地促进企业生产效率的提高。心理学知识也告诉我们：人性中最深切的心理动机是受人尊重、得到肯定和被人赏识的渴望。如果无视这个动机，漠视这种渴望，就难以提高员工的积极性。如果习惯用训斥求驯服，结果只能是压而不服。不尊重员工的话，领导者也不会得到员工的尊重。

在尊重员工的基础之上，团队领导者还要秉公办事。绝大部分员工不怕苦、不怕累，最怕领导不讲原则。有些领导者从个人利益、个人好恶出发，待人分亲疏、处事有厚薄，提拔、使用、奖励不公正、不公开，使员工失去公平竞争的机会。这也正是有些领导者“其身不正，虽令不从”的原因所在。领导者只有公道正派、公正廉明，员工才能口服心服、无怨无悔，安心本职，干好工作。

保持领导的公正性，这就需要领导者要从制度层面确定各个部门、工作职位之间的明确分工。部门之间、岗位之间的合作是否顺利是工作氛围好坏的一个重要标志，明确的分工才能有良好的合作。各部门职责明确，分工明确，并不意味着互不相关，所有的事都是公司的事，都是大家的事，职务分工仅仅是说某些工作程序是由谁来具体执行，如此才不会发生互相推诿、推卸责任等影响工作的情况发生。

企业内部绝对不应允许有官僚作风的存在，职务只代表分工不同，只是对事的权责划分，应该鼓励不同资历、级别的员工之间的互相帮助。每一个员工都有充分表达建议的权利，可以向任何人提出他的想法，主动地进行沟通，被沟通方也应该积极主动地予以配合、回答或解释，但沟通的原则应是就事论事，不应过多地牵扯到其他方面。

营造好的工作氛围最好从企业文化建设着手，提高员工的工作激情，营造一个大家相互帮助、相互理解、相互激励、相互关心的工作氛围，从而稳定工作情绪，激发工作热情，形成一个共同的工作价值观，进而产生合力，达成组织目标。另外，创建和谐的工作氛围，并不是呆板地整齐划一，而是利用大多数成员能接受的方式将大家最大限度地凝聚起来。

古人说："欲谋胜败，先谋人和。""人和"有两层含义：一是营造亲密、和谐的氛围，二是营造能包容个性、和谐发展的局面。孟子说："物之不齐，物之情也。"我们不能因为强调严格管理而排斥员工的个性，不能因为强调集体利益而忽视员工的正当权益。要把尊重个性、维护员工的权益、促进员工的全面发展作为领导的新理念、育人的新追求。这样的话员工的创造智慧就能竞相迸发，单位的生机活力就能充分展现。

全面沟通，才能充分协作

为了使团队成员理解企业的战略和目标，并将之贯彻到自己的行动中，领导者必须与员工全面地沟通，使员工认同企业的战略、目标和决策。

即便是最基层的员工，都能了解公司的战略意图，都能清晰地表达出企业对顾客利益的重视，这样的企业能使员工以主人翁的精神参与到企业管理中来，自然能赢得市场，获得长远发展。可见，企业的目标策略大大强化了组织高层和基层的沟通，能够有效地贯彻组织战略和目标。

企业的目标策略还可以促使组织内部不同部门之间的沟通合作。传统企业的各个部门之间相互条块分割，彼此联系较少、沟通有限，这就会造成企业总目标在执行过程中形成不同的执行方案，部门与部门之间的协调不充分，从而影响企业整体绩效的实现。通过目标策略来加强跨部门的沟通，从而打破部门樊篱，使企业内部能够充分协调合作。

飞利浦是欧洲最大的电器设备生产商，全世界每7台电视机中就有1台装的是飞利浦的显像管。但是占据整个公司销售额三分之一的家电部门却效益很差。2001年上任的总裁杰拉尔德声称，在今后的3年里，飞利浦的家电部门要么赢利，要么就关门！当时这个目标计划并没有人相信。

杰拉尔德也没有采取极端的措施，而是各部门以这一目标为中心展开了一场战略性交谈活动。他认为应通过目标策略增加沟通的有效性，从而实现跨部门的合作。因为在他上任后发现公司被条块化地分成了6个业务部门，各部门之间很少或者完全没有沟通。

他的第一个动作是根据总目标确定了四个关键性的主题，这些主题描绘了飞利浦今后可能取得成功的技术前景，包括显示器、存储器、连通性和数字视频程序。这样一来，这些主题使得不同技术部门之间的边界变得模糊。要取得成功，这些部门就必须进行全新的、直接的深入对话。

杰拉尔德开始战略性交谈的方法是聚集了所有对该主题作出贡献的人，不论其职位的高低，大家一起参加为期1天的峰会，让与会者交流看法、讨论方案并且针对不同的重要项目制定策略和方针。这一会议使公司的目标变得非常清晰，并且促成了不同部门之间更好地合作。

这次战略性交谈很快显示出效果，一个显著的例子就是飞利浦在DVD市场上取得的成功。当管理层确信在光学存储器上的成功就意味着会在DVD市场上取得成功后，一个成员来自半导体部门、配件部门以及家电部门等的项目团队开始行动，他们改写了DVD的新标准，并在2003年抢占了美国DVD市场60%的份额。

为什么飞利浦公司最重要的赢利部门却不能产生效益，其根本原因就在于各个部门各自为政、互相扯皮，彼此间缺少共同的目标，不能实现有效的合作。杰拉尔德通过设定企业未来3年的发展目标，进行战略性交谈，通过全面沟通，使跨部门合作成为可能，进而大大地提高了企业效益。可见，目标策略有利于增强组织内部跨部门的沟通合作，从而有利于全面提高企业的业绩。

目标策略使员工可以参与到管理过程中来，不仅增加了组织内纵向的上下级沟通的有效性，而且还使横向的部门更加密切协作。所以说，目标策略是促进良好的组织沟通的助推器。

明确的标准让大家心甘情愿

作为领导者，都会想方设法要激发团队的主动性，希望员工能积极卖命。那么，应如何带动大家的力量，把企业做大做强呢？建立标准很重要！

对待员工要公平，要建立统一的标准。因为标准统一大家都看得明白，受罚或受奖都心甘情愿。团队里，大多数团队领导者都能够按照奖罚公平的原则办事，但是在具体的工作当中，他们却常常会不知不觉地违背这一原则。这种违背并不是故意造成的，而是由于对奖罚制度的理解不够深刻而造成。有这样一个事例：

有一家管理制度非常完善的民营企业，该企业董事长的亲哥哥在公司内担任人力资源部经理。有一次，董事长的哥哥醉酒来上班，总经理召集了中层以上管理干部开会，讨论对其的处罚。会议还未开始，董事长的哥哥率先道歉："我本来应该成为大家的表率，却犯了错误，请求从重处罚。"

但没有想到的是，他"从重处罚"的请求非但没有获得董事长的认可，反而招来了更为严厉的批评。董事长说："请求从重处罚，这违背了公司一直倡导的奖罚公平的原则。所以，你要求从重处罚的错误，比你醉酒上班的错误还要严重！"

经过这件事之后，该企业上下的员工都深刻地认识到，公司的奖罚只与工作能力、工作效果、工作态度有关，而不与感情、关系等相关。在这种奖罚规则明确的管理体制之下，该公司得到了迅速、健康的发展。

同样地，统一的标准对激励员工工作也起到了重要的作用。试想一下，奖惩标准不固定，任由领导者自己的心思来，就容易招致员工的抱怨，久而久之就会影响员工工作的积极性。

李耀看准了能源日趋紧张这一市场形势，于是辞了“铁饭碗”，带着10多个技术人员，下海开了一家节能产品公司。在创业初期，举步维艰，只有投入没有产出，研发人员跟着李耀一起加班，为了企业能够在市场大潮中生存下来，大家一起吃苦奋斗。历经几年，随着好几款新型节能产品的研发成功，企业得到了飞速发展。

可是，正当李耀斗志昂扬地准备筹划下一步发展的时候，跟着他一起创业的几位技术骨干突然同时提出辞职。这让一向自认为和员工关系不错的李耀无法理解：为什么在企业得到发展的时候他们却突然选择离开呢？原来，这几位骨干要走，是因为他们对公司有不满。

公司刚成立的时候，大家都是公司能赚多少就拿多少报酬；后来公司发展了，基本上仍是李耀给多少，大家就拿多少。虽然李耀开的工资也并不算少，但因为无章可循，没有一个考核标准，很多人觉得付出与回报不成正比。

更令李耀想不到的是，相当一部分员工对公司的奖励制度怀有怨言。特别是公司关键项目的核心设计人员，他们夜以继日地工作，为公司的发展立下了不可磨灭的功劳，但是得到的报酬却跟普通员工差不多。同时，由于公司还处在发展阶段，李耀总是考虑把利润用于项目的再投资，想方设法缩减成本，在很大程度上忽略了对核心员工的激励。员工工资数额的多少，经常是根据他的喜好，奖金数额更是没有依据，员工对此颇有一些不满。

从这个案例中可以看出，李耀在管理公司的过程中，以个人喜好和意志代替了制度和标准，奖励随意，赏罚不明，没有认识到奖励制度会成为影响公司发展的大问题，结果引发了核心员工的不满或离职。其实，对于每个员工而言，不仅希望得到合理的报酬，也希望自身能力能够得到进一步提升。所以说，企业内部的奖罚制度要清晰、公平，不能随随便便奖罚。

无论是处罚还是奖励，都应坚持公平原则。因此，领导者应建立员工绩效评估体系，正确评估员工对企业的付出，为实施有效、公正的激励机制提供支持。过重或过轻都有违公平原则，都不应该发生。该怎么惩罚或该怎么奖励，必须有一套清晰、科学的标准。

越信任，越成功

被誉为“经营之神”的松下幸之助说过：“最成功的管理是让人乐于拼命而无怨无悔。”这显然不是靠强制，只能靠信任。

充分信任，才是有效的管理之道。这种方式注重的是结果，而不是过程。让下属自行决定如何完成任务，并对结果负责。

亚太公司属于那种一切都很平常的公司，员工们领着一份不算丰厚但也说得过去的薪水，做着不很轻松但也没什么压力的工作，一切都平平淡淡，员工们也似乎并没有什么期望，没有期望大的改变或什么更有意义的事情。

一天，领导召集员工们开会，他向大家宣布：公司将有所改变，我们检讨公司以前并没有给予大家充分的信任与空间，而我们即将采取措施来改变这种情况。公司相信每一位员工都有独立完成工作的愿望和能力，而不是接受一项十分具体的任务。我们要求主管们做的，正是由分派任务转向放手让大家独立探索。

员工们清清楚楚地听见了领导的每一句话，尽管他们表面上还是那么无动于衷，但内心的心潮澎湃却难以掩饰。但他们仍在犹豫：真的会这样吗？此后，领导再向他们分派工作时，就不再说“只要照着我告诉你的话去做就可以了”，而是在告诉他们“事情是什么”之后就不再过问，只是约定每隔一周的周五下午，由员工团队的小头目来谈一下事情的进展情况。

一开始，员工们并不敢按自己的意愿去做，因为以前不是这样的，他们甚至感到有些手足无措。最初的几次，员工们会犹豫不决地敲开主管办公室的门，就一件工作的细节问题向主管请示，主管总是微笑着说：“我相信你自己能解决。”“让你的工作小组来讨论决定吧，相信大家能得出完美的结论。”

员工走出领导办公室的门时，内心有一种激动，他感到自己被信任，而这种感觉无疑会使人产生动力；他感受到了挑战，这让他有一种冲动，他要把这件工作做到最好，来回报领导的这份信任。这时，员工们才发现，以前在公司里他们总是感觉少了些什么，但他们不知道到底少了什么，而现在，他们找到了，那就是信任。而在此之前，他们隐隐约约一直在渴望的，也正是这样一种感觉。

对于高明的领导者来说，信任无疑是第一要诀。对领导者来说，要真正从内心相信员工们能做好这件事，就要把整个事情托付给对方，同时交付足够的权力让他做必要的决策。

领导给下属交代了任务，但又对下属进行控制的话往往会使事情失败。因为这表示领导的信任只是表面的，这会伤害下属的尊严，也不利于双方的关系。比如，你要下属去印一本小册子，你就不必再交代一些有关形式、封面以及附图说明等的详细意见，应该让他自己去选择，相信他会把工作做得很好，而他也会感激你的信任。许多管理实践证明，越是信任员工，就越能成功，越是怀疑员工就越难取得成功。

第二章　管人不是本事，会带才是真本领

与员工面对面接触

在企业里，有这样一些团队领导者：他们靠在舒服的椅背上玩着微信，聊着闲天，却对员工指手画脚；他们隔空喊话，高高在上地布置任务，从不认真思考这个任务该怎么和下属一起更好地完成，任务来了，布置下去就算交差。殊不知，这样的带队方式会失去员工的信任和热情，甚至会损害到企业的利益。只有懂得走到员工中去，与员工面对面，才能让团队更出色地完成任务。

其实，团队领导者的身份就像推销员，在推销的时候，我们不会劈头就问“我们要什么”，而会先问“对方需要什么、价值是什么、目标是什么、期望获得的成果是什么”。想要获得这些问题的答案，带头人就一定要到员工中间去，向员工“推销”管理。目的是使员工理解并乐于接受管理，而不是对员工施加压力或者约束员工的行为。

优秀的团队领导者会试着让员工理解自己的管理，而不只是简单的“传话筒”。

L先生是一家大型企业的基层领导者，手下有8名员工。L先生工作勤恳，为人谦和，对每一个下属都给予关怀和照顾，跟大家的关系还算不错。他有一个最大的特点，就是他对直属领导言听计从，领导安排什么，他马上向下属传达什么。一旦下属提出异议，他马上会说：“领导说了，就照这样执行。你照吩咐做了，出了差错领导不会怪你；你如果不这样做，出了问题你得自己担着。”下属一听觉得也有道理，于是便开始认真执行。

但渐渐地，下属有了不明白的地方时也就不再问他，而是越过他直接请示更高的领导，因为大家知道跟他说了也没有用，他还得去请示领导。L先生还遇到了一件烦心事：手下有个别人开始直接向他“顶牛”，公然不再听从他的指挥。他早就想把这些“害群之马”开掉，但苦于没有办法，他发现他现在连这点权力都行使不灵了。他的“无能”渐渐被传开来，以至于其他原本“听话”的下属也开始不拿他当回事了。

这就是领导者只把自己当成“传话筒”的后果。一个懂得带领团队的人，是绝不会只做“传声筒”的。面临任务时，他们会思考这个任务应怎么完成、怎么恰当地表达才会被下属欣然接受、怎么分工才能更高效……他们不会高高在上，他们会和员工一起，即使不干活时也会站在员工中间，让团队成员知道他们一直在关注着他们，这样大家才会卖命工作，努力完成上级交代的工作。

雷·克拉克是麦当劳的创始人。他有个习惯，就是不喜欢在办公室里办公，他的大部分时间用在了“走动管理”上，到所有的分公司和部门走走、看看、听听、问问，收集大家对公司的意见。

麦当劳曾有一段时间面临着严重的亏损，克拉克用他的走动管理在各公司发现了一个很严重的问题——公司内部官僚作风盛行。公司的各部门经理都有一个很不好的习惯，就是喜欢靠在舒服的椅背上对员工指手画脚，把很多时间浪费在抽烟、喝咖啡和闲聊上。

克拉克为此十分生气，于是他下令：“把所有经理的椅背都锯掉，马上执行。”命令下得很快，执行得也很快，不出一个星期，每个经理的椅背都被锯掉了。锯掉椅背后，经理们对克拉克的做法很不理解，甚至还很气恼。椅背锯掉了就不能像以前那样舒服地靠着它抽烟喝咖啡了，于是大家都走出办公室，学着老板的做法到各基层部门走走、看看、听听、问问。很快，他们就发现了管理当中出现的问题，顿悟了克拉克锯掉椅背的用意。于是，他们及时调整了管理方案，现场解决存在的问题，终于使公司扭亏为盈。

克拉克带领团队的方式，为我们带领团队提供了一种参考。通过面对面的接触，我们可以更好地对下级进行指导，同下级直接交换意见，特别是能够听取下级的建议，了解遇到的各种问题，从而能更有效、更及时地采取相应的措施。

适时赞扬，公开感谢

有时候，仅靠稳定的福利、优厚的薪金，企业很难使员工为其勤恳工作。只有想办法让员工更加热爱工作，在工作岗位上越做越开心，才能很好地发展下去。我们很难想象，一个对工作兴趣淡薄的人能全心地投入工作、更好地发挥想象力和创造力、取得很好的工作效果。作为企业管理人员，能让员工快乐地工作、在工作中释放热情和灵感，并且享受愉悦和满足是他们的终极目标，也是所有人的理想。只有员工不断获得努力工作的力量源泉，公司的目标才能实现。假如员工在长期平淡无奇的工作中产生了厌职消极的情绪，其根源就在于团队领导者的管理方法出了问题。

让员工爱上自己的工作，充分享受工作中的快乐，是成功管理一个企业的关键。世界500强企业之一的美国天然气与电力公司的创建者、前CEO丹尼斯·巴奇，通过他写的《快乐地工作》一书阐述了个人独到的见解。丹尼斯·巴奇出生于美国华盛顿地区，毕业于著名的哈佛大学商学院。1981年，丹尼斯·巴奇与人合伙创建了美国天然气与电力公司，并在1994年到2002年期间，担任公司董事长及CEO。至今为止，该公司在全球31个国家拥有4万名员工，公司的年营业收入已超过86亿美元。

丹尼斯·巴奇认为，作为团队领导者，必须对为自己服务的员工满怀爱心，要善于鼓舞员工的士气，适时给员工以赞扬，在员工做出成绩后向员工公开地、及时地表示感谢，也要定期组织一些联欢活动，使员工们品尝成功的喜悦。在关爱员工的过程中，可能经常需要放弃个人的休息时间，对领导者本人来说这可能是一种牺牲，但也是上司的责任之一。

有这样一个故事：很久以前，有一个富翁要去世了，临死之前他准备分财产给两个儿子。富翁出了一道题，说："你们俩谁答对了，财产就归谁。"两个儿子听后摩拳擦掌，迫不及待地等着父亲出题。见儿子们注意力很集中，富翁说道："我的题目是：怎样让狗爱吃辣椒？"大儿子听完后马上不假思索地说："这还不简单？抓住狗，把它的嘴掰开，塞进辣椒就可以了！"富翁听完后摇了摇头说："不能这样做啊，决不能使用暴力，要知道'暴力越重反抗越深'，你就不怕狗反过来咬你一口吗？"二儿子想了想说："我把辣椒弄碎，包在肉里面，狗喜欢吃肉，这样就会吃辣椒了。"富翁听了后脸上有了笑意，说道："你说的方法不错，但是，狗只会上当受骗一次，第二次还会受骗吗？况且，用欺骗的手段也不是长久之计啊！"

富翁说完后，两个儿子都急切地问："那父亲大人有什么更好的方法呢？"富翁刚要说出答案，没想到一口痰噎住嗓子眼，结果他腿一蹬就背过气了，给两个儿子留下了一个谜。

听完这个故事，你能想到一个不错的建议吗？有人给出了一个标准答案："可以把辣椒擦在狗的屁股上，当它感到火辣辣疼的时候，它自己就会去舔掉辣椒，并为能这样做而感到很高兴。"这个让狗吃辣椒的办法应该可行，这个办法使狗的痛苦减轻，狗会利用本能减轻火烧屁股的感觉，而且在这个舔食过程中，狗会感到越舔越舒服，久而久之，这狗也可能变成了四川狗，爱上吃辣椒了呢！而富翁的大儿子和二儿子的方法无形之中是让狗嘴里的辣味增加，越吃越痛苦。

这个故事也会给团队领导者启示。依照大儿子的方法，就是用最简单、最直接、最有效的方法，用大棒政策强制员工干活，但是这样做无疑就是进行身体攻击，其结果就是员工可能会反过来反抗你！现在有许多领导的思想还很陈旧，认为自己要求员工做员工就得做。"别啰嗦，哪来那么多想法！我出工资你干活！再不好好干活，就炒你鱿鱼！"

二儿子的方法是讲究利益驱动，在让员工干活前对他说："你认真给我做事，我就给你报酬、职位、更高的奖金。"这样做的效果肯定不错，但有些领导因企业制度改革，不会一直信守承诺，员工在被骗过一两次之后，这种方法也就无效了。

在现代社会，员工越来越懂得维护自己的利益，企业也在努力寻找激励秘方，想要了解怎么样才能让员工爱上自己的工作并全身心地投入。激励员工永远是团队带领者需要思考的一个永恒主题，在关注员工工资的同时，还应关注其取得的成就、领导与同事的认可、工作内容的丰富性等，这样才能使你的员工爱上自己的工作！

不要吝啬信任和赞扬

当员工完成了某项工作时，最需要得到的是上司对其工作的肯定。作为领导，不要吝啬你的信任和赞誉，尤其是在公共场合，激励会使你的部下随时处于亢奋状态，做起事来事半功倍。

美国一家名为柯林斯的公司，专门生产通信、电子领域的高科技产品。创业初期，举步维艰，在产品研发过程中时常碰到久久不能解决的技术难题。有一次，公司的研发部门被一个技术问题整整困了两个星期。所有的人都为此感到焦急。公司老板给技术研发部门训话道：如果这样下去，公司的生存就会成大问题。

一天晚上，正当公司老板还在为此大伤脑筋的时候，产品研发部的一位技术人员急急忙忙地闯进他的办公室，大声喊道："我找到解决办法了。"老板一跃而起，听完这位技术人员的阐述后，豁然开朗，并立即决定给予这名员工嘉奖。可是，嘉奖什么呢？他在办公室里找了半天，只找到了午餐时剩下的一个苹果。他激动地、毕恭毕敬地把这个苹果送给了这名员工，真诚地说："您辛苦了，请休息一下！"尽管这个奖品极其平常，但这个员工却深受感动——他觉得自己的努力获得了足够尊重。

这个事情在公司内部传开后，所有的员工都受到了鼓舞，工作积极性和主动性得到了彻底激发。由于不断地推出科技含量更高的新产品，该公司成为当年美国最受行业关注的后起之秀企业之一。

杰克·韦尔奇曾说："我的经营理论是要让每个人都能感觉到自己的贡献，这种贡献看得见，摸得着，还能数得清。"著名的思科公司非常重视用奖励机制来留住人才。在设置薪酬时，思科会进行全面的市场调查，确定员工的底薪不是业界最高的，这样既不会造成企业运营成本过高，也不会因低于行业标准而影响员工的积极性。

能够调动员工更大积极性的是思科丰富多样的奖金，思科希望员工的收入能够与其业绩更多地挂钩，于是他们以奖金来激励员工。思科的薪酬设置大约分为三部分：销售奖金（销售人员）、公司整体业绩奖金（非销售人员）、期权（全体员工）。

思科还设有名为"CAP"的现金奖励，金额从250—1000美元不等。一个有杰出贡献的思科员工可以由提名来争取奖励。一旦提名通过，这名员工就可以即时拿到这笔现金奖励。另外，每季度的部门最佳员工都会有国内旅游的机会。

作为全球著名的日化企业，宝洁公司的即时激励措施也非常完善，既有荣誉激励，如授予员工各种荣誉称号等，还有如提高工资、给予住房、股票等物质激励。此外，公司还设立了一个四分之一的员工都可以获得的特殊奖励。在获得该奖励后，员工的上级经理就会根据员工的喜好给他奖励。例如，喜欢看戏的员工会获得戏票，喜欢美食的员工可以出去大吃一顿后回来报销等。这项既充满个性又非常人性化的奖励，使员工感受到了公司领导者对自己的关注，拉近了员工和公司的距离。

激励员工的方式有很多种，领导者可以在每天工作结束前花上一点时间写个便条，对表现好的员工表示称赞；也可以通过走动式管理的方式观察员工，对表现好的员工及时鼓励；或者抽空和员工一起吃个午餐、喝杯咖啡。只要领导者多花一些心思，员工就能从中得到莫大的鼓舞和安慰，从而使工作业绩大幅提升。

另外，激励员工时应该明确，让他知道奖励的原因，这样才能有的放矢，取得良好的效果。假如只是模糊地称赞，说“你做得不错”，这样对员工的意义就很小，团队领导者应该明确指出员工有哪些工作做得很好，好在哪里。

低迷时给予鼓励，过度兴奋时泼冷水

世界网坛名将贝克尔之所以被称为“常胜将军”，其原因之一就是在比赛中自始至终防止自己过度兴奋，而只保持半兴奋状态。因此，也有人将“倒U形假说”中的“最佳状态”称为“贝克尔境界”。

热情中的冷静使人清醒，冷静中的热情则令人执着。一个领导者既要能让员工充满斗志，给他们加油让他们鼓足干劲，必要时还要给予激励和奖励；但又不能让员工因取得的眼前成绩而得意忘形。只有善于让自己和员工都时刻处于贝克尔境界，才能算是真正掌握了激励的秘诀。

将军与店主对弈。将军开动脑筋，第一局想以稳对稳。可谁知店主稳中蕴动，机关早成，待将军发觉时败局已定；第二局将军以攻代守，结果又败一局；第三局，将军屡施绝招，最后仍然“束手就擒”。再看那位店主，三局虽早已过了百余招，老将竟然始终未动。

将军问店主：“上次，你拨动老将，战成一负二和；这次你不动老将，却连胜三局，这是为什么？请指教。”

店主笑道：“上次对弈时战事正紧，您将去前线御敌，我下棋也不可挫伤你的锐气。眼下大军凯旋，将军意气洋洋，我胜您乃是为告诉将军要戒骄戒躁。”

将军听后深受启发，向店主深深地鞠了一躬，从此以后战无不胜。

工作时员工的情绪也会有高低，为了维持管理工作及员工行为的稳定，领导者必须在员工情绪低落时鼓励他，在他情绪过高时泼点冷水。

当人处于紧张沮丧的状态时，就兴奋不起来，像一只瘪了的气球软绵绵地贴在潮湿的地面上。这时要通过适当的方法给他鼓气，让气球能够重新轻盈灵活地飞起来。当一个人处于极度兴奋状态时，过度激情奔放，同样会失去平衡甚至濒临爆炸的边缘，这时就需要泼冷水适当地给他泄一下气。

美国国际管理顾问公司的老板麦科马克就是既会加油又会泼冷水的管理专家。他手下的员工工作不止一项，责任不止一种。如果一个员工把工作做得够好了，他总是能挑出一些瑕疵给员工一些训诫；如果员工情绪低落时，麦科马克也很容易找出他的优点来鼓励他。

麦科马克会让员工觉得他们必须掂一掂自己的分量，是否具有足够的能力来为他工作。如果有些员工因为自己做成了一笔生意十分得意时，麦科马克会称赞他做得不错，但他还会说“国外的代理权给谁拿去了”或“我们为什么不那样做呢”，使他不至于太得意，过于自信或过于自满。

当然，有时候也需要用相反的办法来提高下属的自信心，例如拍拍他的肩膀表示鼓励。

大卫和德勒是好朋友，一次他们一起到剧院观看预演。大卫动不动就发脾气，说话的语气全用命令式；而德勒的作风则完全相反，他始终在称赞演员较为精彩的一面。剧本是德勒的作品，因此去的时候两人都怀着满心的欢喜。不料，一看预演，发现到了正式上演的前一天，主角居然还没把台词背熟。大卫不禁勃然大怒：“你们到底干什么去了，这样怎么能上演！”

在大卫的责骂下，主角抓紧时间拼命背台词，但到了第二天上演时，仍然显得有点结结巴巴。第一幕结束后，德勒来到后台，用双臂使劲地拥住对方说：“演得不错，相当成功，说话语气也很恰当……”听了这些话后，那位演员一下精神倍增，信心完全恢复。在之后的几幕中，台词也都流利地背诵了出来，演技也发挥得淋漓尽致，台下掌声雷动。

加油和泼冷水都是促进优秀人才成长的方法，如将二者综合运用，更能够起到单纯的加油和泼冷水难以达到的效果。尊重人才，从正反两面鼓励他们，让他们知道自己的重要性，在他们表现良好时给予奖励，这些都是很重要的。这种表扬最好是公开的、直接的。

不过你虽然不吝于夸奖下级，却绝不能让他们陶醉在荣誉里；也绝不可让他们觉得只要这一次表现得很好，就可以不必在乎以后的工作成绩。有时候你可以指出下级的一个小缺点，泼点冷水，要求他们达到更高的水平，借此来鼓励他们更上一层楼。

用目标激发活力

当团队成员无法看到更广阔的发展前景时，不仅会失去工作的重心，而且会感到很失望。作为领导，其实很容易忽略这一点。而且，如果团队成员不知道事情进展到了哪一步，是很难有积极做事的心态的。

设定目标是领导者的责任之一，事实上也是首要责任。确立一个明确而具体的目标，让这个目标成为企业所有员工的共同目标，激发每个员工实现此目标的愿望，并紧紧围绕此目标展开工作，使不可能变成可能，梦想就会变成现实。

福特汽车公司的老板亨利·福特在生产著名的V-8型引擎时，决定要将8个汽缸铸造成一个整体，并命令他的工程师们设计这种引擎。设计的蓝图是画出来了，但是工程师们经过研究讨论后一致认为，要铸造一个有8个汽缸的引擎是不可能的。福特却坚持说：“无论如何也要设法生产出这种引擎！”

工程师们异口同声地回答：“这是不可能的。”福特继续命令说：“继续去做，直到你们成功为止，不管需要多少时间。”这些工程师只好硬着头皮返回实验室继续做。如果他们想在福特工作，他们别无选择，只有做。谁让福特是他们的老板呢。

6个月过去了，毫无进展。又6个月过去了，仍旧没有结果。工程师们用尽了各种可能的办法来执行福特的这一命令，试图完成任务。但是这件事似乎毫无实现的可能性，他们的一致结论是：“根本不可能！”在年终时，福特和工程师们再次进行讨论。工程师们再度告诉他，他们尚未找到完成命令的方案。

“继续去做，”福特仍固执己见，“我要这种引擎，我一定要得到它。”工程师们只能继续去做。奇迹出现了，他们找到了诀窍，最终设计制造出了V-8型引擎。

目标会激发活力。领导者就要敢于向不可能说“不”，通过不断制定新的更高的目标来鼓舞士气。领导者必须通过设立一个能够激励人心的目标来让每个员工焕发工作热情，激发新的思考和行为方式为企业创造价值。目标是一个方向舵，它能指引企业发展的方向。

索尼公司开发家用录像机时就是先给公司的开发人员寻找目标，然后进行引导开发。当美国主要的电视台开始使用录像机录制节目时，索尼公司就看好这项新产品，认为完全有希望打入家庭。这种新产品只要从内部结构和外观设计上再进一步加以改良，肯定就会受到千家万户的欢迎。

一个新的目标就这样确立了，公司开发人员又有了努力的方向。他们先研究现有的美国产品，认为这些产品既笨重又昂贵，需要通过研究开发加以改进来实现家用。新的试验样机就这样一台接一台地被造出来，一台比一台更轻盈、小巧，离目标也越来越近。但公司当时的总裁井深大老是觉得没有做到位。

最后，井深大拿出一本书，放到桌面上，对开发人员说：这就是卡式录像带的大小厚薄，录制时间应该在1小时以上。这时目标已经非常具体了。开发人员再一次运用已掌握的基础知识，结合应用科学，调动聪明才智，进一步发挥创造力，终于成功研制出了划时代的Betamax录像机。

只有当人们明确了自己的行动目标，并把自己的行动与目标不断加以对照，知道自己前进的速度并不断缩小与目标之间的距离时，其行动的积极性才能得以保持。因此，领导者应正确引导员工，帮助其明确目标任务，让员工在目标的引导下，不断追求更大的进步。

让员工认识到这是“我们的团队”

给团队成员确立目标可以很好地调整团队的状态。一个企业家说过，确立目标有令人意想不到的奇效，它会引导下属走向他们想达到的目标。帮助员工树立目标，能够使员工自动自发地去做应该做的事。英国一家教堂墙上有一块碑文，上面写道：“干活如果没有目标就会枯燥乏味；有目标而没有实干只是一个空想；有目标再加实干就成了世界的希望。”

目标对于团队发展非常重要。有效的团队必须具有一个大家共同追求的、有意义的目标。它的存在使员工认识到这是“我们的团队”，而不是“他们的团队”，知道“我们要创造什么”，从而能够为团队成员指引方向，提供推动力，让团队成员愿意为它贡献力量。

阿里巴巴董事局主席马云就是一个善于利用目标来激励员工的领导者。2002年底，互联网冬天刚过，马云提出阿里巴巴2003年将实现盈利1亿元。这在当时是不可思议的，但阿里巴巴实现了这个目标。在2003年年终会议上，马云又开始梦想，他提出：2004年实现每天利润100万元，2005年实现每天缴税100万元。这些目标都实现了。

每一个目标的提出，都为阿里巴巴下一阶段的发展指明了方向。马云就像一个神奇的造梦者，每一个当初看似不可能实现的梦想后来都一一变成了现实。随着阿里巴巴的快速发展，后来，马云又提出打造能活102年的企业、创造100万个就业机会、10年内把阿里巴巴打造成为世界三大互联网公司之一和世界500强企业之一、淘宝网交易总额超过沃尔玛等目标。这些目标在提出时看似过于宏大，其实都是马云的精心设计。试想，如果马云不能给予阿里巴巴这些清晰的目标，阿里巴巴该如何保持雄心？正是由于这些目标的清晰存在，使得阿里巴巴团队齐心协力，朝着既定的目标奋发前进。

马斯洛晚年从事出色团队的研究，结果发现它们最显著的特征就是具有共同的目标。他观察到：一个出色的团队，任务与员工本身已无法分开，或者应该说，当个人强烈认同这个任务时，定义这个人真正的自我必须将他的任务包含在内。因此，领导者如果想让自己的下属积极高效地投入工作，就应当帮助下属确定工作目标，为他们构筑一个刺激而又富有吸引力的未来。

但领导者应注意，下属的目标不可强行制定，最理想的方式是以整体目标为依据，由下属在一定范围内自行决定目标。因此，领导者首先必须对下属详细说明整体目标的前瞻性与妥当性，以此为基础，再促使下属根据自己的能力与意愿建立个人目标。

这样做的目的就是强调目标的现实性。不管是多伟大的目标，不将事实等列入考虑，最后只是美梦一场。必须将过去的实力与未来的展望等作全盘性的考虑，再制定一个具体的、力所能及的目标。把团队目标转为可以衡量的、具体的、现实可行的具体目标，是团队要使共同目标对其成员产生意义的最重要一步。也只有这样，目标才有意义。

那么，领导者该如何帮助下属确定具体的目标呢？著名效率管理大师查尔斯·菲尔德认为，每一个具体目标的确定，都必须符合SMART的要求：S即specific，具体的；M即measurable，可测量的；A即achievement，可实现的；R即realistic，现实的；T即timebound，时间限制性。各取第一个英文字母，组合在一起，就构成了SMART。

确立了具体目标之后，接下来的工作就是要建立完成目标的计划。一个成功的计划可以保证企业各项业务活动更加有效地运行。我们在制订计划时应当尽可能详尽地指出实现目标所需的时间、场所、方法、费用等要素。如果这些要素不完备，无论建立多少计划，都无法完成目标。

我们在制订计划时，应当严禁凭空臆测或是感情用事。应当尽可能以客观、充分有效的资料为基础，以科学、合理的方法制订完整的计划。通常，制订一个科学可行的计划应当掌握下述四种必要的资料：过去的业绩(包括企业整体、组织、个人的业绩)；业界的动向与发展；未来社会与企业的变动预测；企业、组织的各项计划与方针。

工作计划成为习惯才能实现卓越。工作计划只有中长期是不够的，同时还要有每月、每周、每日的短期、超短期的计划。平常就应让下属养成建立工作计划的习惯，于月底或是周末建立下个月、下周的行动计划。加强对下属的工作计划管理，是提高其工作绩效的有效方法之一。

但需要提醒领导者的是，在帮助下属制订目标或计划时，不要忘了领导者只是扮演辅助的角色，万万不可“喧宾夺主”，否则员工的参与感就会丧失，工作积极性就难以调动起来，结果事与愿违。

激励下属最强烈的需求

有时候，同一种激励并不一定对所有的员工都能起作用。有人想要更多的钱，有人需要归属感并融入团队，也有人希望得到认可和尊重，还有人则寻求自我实现。因此，团队领导者在设计激励项目时，最好能结合几种不同的激励方式，以满足所有人的需要。看了下面的这篇寓言之后会有更为贴切的理解。

有一个聪明的猎人带着几只猎狗去森林中打猎。正巧碰见一只野鸡，猎人放出一只猎狗去追，可是追了很久也没追到。猎人见了，怒斥猎狗说："你真没用，竟连一只小小的野鸡都跑不过。"猎狗垂头丧气地说："你有所不知，并非我无能，只因为我和野鸡跑的目的完全不同，我仅仅是为了博得你的欢喜而跑，但是野鸡是为了活命而跑啊。"

猎人一听，觉得猎狗说得很有道理，同时也提醒了他："我要想得到更多的猎物，就必须想个办法，让猎狗也为了自己活命而奔跑。"思前想后，猎人召开猎狗大会，决定对猎狗实行论功行赏。他宣布："在打猎中每抓到一只野鸡，就可以得到一根骨头的奖励，抓不到野鸡的就没有。年底考核，最后一名将被杀掉。"

这一方法果然管用，为了避免成为最后一名，猎狗们抓野鸡的积极性大幅度提高了，每天捉到野鸡的数量也大大增加。可是，过了一段时间后，猎人发现猎狗们虽然每天捉到野鸡的数量都很多，但小野鸡越来越多。猎人想不明白，于是，他便去问猎狗："最近你们怎么老是挑小野鸡抓？"

诚实的猎狗说："大野鸡跑得快，小野鸡跑得慢，小野鸡比大野鸡好抓多了。按您的规定，大的小的奖励都一样，那我们又何必费劲儿去抓大野鸡呢？"猎人一下恍然大悟，原来是自己奖励的办法需要改进啊！于是，他宣布，从此以后，奖励骨头的多少不再和捉到野鸡的数量挂钩，而是和捉到野鸡的重量挂钩。

这个方法一出台，猎狗们的积极性再次变得高涨，野鸡的数量和重量都大大超过了以往，猎人非常高兴。但好景不长，一段时间过后，猎人发现新的问题又出现了，猎狗们捉野鸡的积极性在下降，越是有经验的猎狗就变得越没斗志。这是为什么呢？猎人又去追问猎狗。

猎狗对猎人说："主人啊，这些天我们就在琢磨，我们把最宝贵的青春都奉献给您了，可是等以后我们老了，抓不动野鸡了，您让我们吃饭吗？"猎人一听，拍着大腿说道："哦，原来它们需要养老保险啊！"于是，他进一步调整激励策略：每只猎狗每月都有规定任务，抓到超出任务数量的野鸡可以储存在猎人为猎狗建立的账户上。等到将来猎狗跑不动了，可以从这些账户上取出积蓄的野鸡。这个政策让猎狗们意气风发。

但是一段时间之后，又一件意想不到的事情发生了：一些优秀的猎狗竟然逃离猎人的束缚，自己捉野鸡去了。这使猎人有些着急。他想，难道是奖赏的力度不够？于是，他把"优秀猎狗"的奖励标准提高了2倍。这一招收到了立竿见影的效果。但没过多长时间，离开猎人去捉野鸡的优秀猎狗却一下子增加了许多。

猎人无奈了，去问那些离开的猎狗们："你们为什么一定要离开我呢？我到底哪个地方做得不对？"猎狗们惭愧地对猎人说："主人，您什么都没做错，离开你是因为我们自己也有一个梦想，我们希望将来有一天也能像您一样成为大老板。"为了管理好剩下的猎狗，猎人成立了猎狗公司，给每只猎狗都分配股份，每只猎狗都是老板。这一招十分灵验，从此以后，再也没有猎狗主动离开了。

这个故事就说明了一个重要的道理：员工的需求是不断变化的，企业必须满足员工不断变化的各种需求，抓住员工需求的特点，对其最强烈的需求进行激励，才能使员工产生最强的动机，才能有效地激励人才并且长久地留住人才，使企业在激烈的市场竞争中立于不败之地。

让员工感受到工作的挑战

管理大师德鲁克曾说：工作要能够鼓励及引导个人的成长。因此，团队领导者要善于发挥工作本身的激励作用，以此来激发整个团队。如何实现这一点？那就必须让员工感觉到他们的工作具有挑战性。

2008年底，郎平与土耳其某排球俱乐部签约，出任主教练。郎平在接受采访时说，她来土耳其之前是希望保密的，因为在北京时只有她的经纪人与土耳其这边沟通，也无法确定自己是不是能签约，想利用1周时间进行考察。

没想到土耳其电信女排俱乐部在网上公布了她要来土耳其的消息，暴露了她的行程。她在土耳其时间11月28日晚抵达位于安卡拉的俱乐部，第二天与俱乐部方面进行面谈后感到跟以前经纪人所谈的情况基本相符，而且当时已经进入赛季，俱乐部希望她尽快执教，所以她立即就与该俱乐部签约，正式出任主教练。

郎平说："土耳其的排球联赛10月就开始了，目前球队的成绩很不理想。我喜欢有挑战性的工作，所以最终决定留下来。"

工作是否具有挑战性，成为许多人选择工作的一个重要标准。

在公司待了已有5年之久的李婷，形容自己的现状是"一潭死水"。薪水也好职位也罢，在短期内都不会有大的变动，工作上也是按部就班。"现在每天都过得没什么生气，基本就是打发日子，我想着挪挪窝换个新环境，是不是会有点干劲。"李婷还考虑到自己已经29岁，还没结婚，还有结婚和生子两件大事没落实，这会在一定程度上影响用人单位的录用。职场女性普遍在生子后会把重心转移到家庭，她自己最多还有两三年的奋斗时间，有了小家庭后冲劲就会少很多。

调查后发现，在24—30岁的白领群体中，不少职场人身处稳定环境时，心境容易产生变化。"拼死拼活地工作，还不是为了今后能有个稳定的生活，可是一旦这种稳定提前到来，反而有点无法适应，总觉得我还年轻，不甘心就这么不咸不淡地耗着。"多数白领都表达出这样的心声，然而，一旦有挑战性的新选择出现时，他们又很难取舍。"在安逸的环境里待久了，人的顾虑反而越来越多，容易失去在职业'险境'中的果敢和勇气。”

最终，为了追求有挑战性的工作，不想让自己的人生轨迹过早地固定下来，李婷选择了跳槽，希望通过自己的努力使自己的职业发展更上一层楼。

团队领导者应该看到这种客观现象，精准把握员工的心理，充分调动员工的积极性。团队领导者应该认真思考这个问题：当公司给员工的资源够了，给的待遇够了，给的奖励也够了时，员工还追求什么呢？那就是开展有挑战性的工作，实现飞跃式的发展。

给员工以有挑战性的工作，也是本田公司常用的方法之一。1984年，本田技术研究所曾面临一次倒闭的危机，本田投下巨资增加设备，可原本受欢迎的产品销路却大减。种种困难都使本田公司难以负荷。在这种情况下，本田却宣布要参加国际摩托车赛，并宣称要制造一流的摩托车，争取拿世界冠军。

很多人把本田的口号看成是天大的玩笑，但是本田的负责人有着自己清晰的算盘。他希望这种决策可以激发下属的斗志。有些员工十分同情负责人，认为他是被公司的困境扰得神志不清，才想参加这样的比赛。但是也有一部分员工不这么想，相反，这使他们精神振奋。虽然以他们当时的技术来说还无法同欧洲相比，但是，这种挑战燃起了他们冲天的信心。没有任何困难是不可战胜的，只要肯钻研，甘于付出。

本田的负责人以身作则，为了开发技术，改良摩托车性能，他不分昼夜，取消假日，每天都到公司努力工作。或许是他的敬业精神感动了员工，员工们个个精神抖擞，忘我工作，终于如期制造出一流的摩托车参赛，并取得了骄人的战绩，本田公司也因此一举成名。

给员工以有挑战性的工作，不仅能使你的员工在自我挑战中得到成长，更能使企业在员工的成长中获得丰厚回报。团队领导者应该在如何激发员工潜能上多琢磨、多下功夫。

指导下属工作，而不是指挥

在一个知识型组织里，管理的方式并不是指挥，而是指导。这不是咬文嚼字。指挥是发号施令，下属没有主动权，只能被动地执行，由此引发的问题是员工的工作积极性不高；指导是一门艺术，既能帮助员工高效率地工作，也能使员工发挥主观能动性，取得最理想的结果。

索尼的老板盛田昭夫是一个懂得指导艺术的人，同样，被他提拔的井深大也是这样的人。他们二人创造了索尼的辉煌。

在井深大刚进索尼公司时，索尼还是一个小企业，总共才20多名员工。老板盛田昭夫信心百倍地对他说："你是一名难得的电子技术专家，你是我们的领袖。好钢用在刀刃上，我把你安排在最重要的岗位上——由你来全权负责新产品的研发，对于你的任何工作我都不会干涉。我只希望你能发挥带头作用，充分地调动全体人员的积极性。你成功了，企业就成功了！"

这让井深大感受到了巨大压力。尽管井深大对自己的能力充满信心，但还是有些犹豫地说："我还很不成熟，虽然我很愿意担此重任，但实在怕有负重托呀！"盛田昭夫对他很有信心，坚定地说："新的领域对每个人都是陌生的，关键在于你要和大家联起手来，这才是你的强项所在！众人的智慧合起来，还有什么困难不能战胜呢？"

盛田昭夫的一席话，一下子点醒了井深大。井深大兴奋地说道："对呀，我怎么光想自己，不是还有20多名有经验的员工嘛！为什么不虚心向他们求教，和他们一起奋斗呢？"于是，井深大马上信心满满地投入工作中。就像盛田昭夫放权给他一样，他把事务的处置权下放给各个部门，比如他让市场部全权负责产品调研工作。市场部的同事告诉井深大："磁带录音机之所以不好销，一是太笨重，每台大约45千克；二是价钱太贵，每台售价16万日元，一般人很难接受。”他们给井深大的建议是：公司应该研发出重量较轻、价格低廉的录音机。

与此同时，井深大让信息部全权负责竞争对手的产品信息调研。信息部的人告诉他：“目前美国已采用晶体管生产技术，不但大大降低了成本，而且非常轻便。我们建议您在这方面下功夫。”在研制产品的过程中，井深大和生产第一线的工人团结协作，终于合作攻克了一道道难关，于1954年试制成功日本最早的晶体管收音机，并成功地推向市场。索尼公司凭借这个产品，傲视群雄，进入了一个引爆企业发展速度的新纪元。

井深大取得了巨大的成就，成了索尼公司历史上无可替代的优秀人物。在这个事例中，我们应该注意到最为重要的两个环节：盛田昭夫放权给井深大，井深大放权给其他部门。在充分授权下，索尼公司发挥出了团队的整体作用，调动了每一位员工的积极性，把团队的力量发挥到极致，从而取得了巨大成功。这就是“指导”的力量。

如果采用的是呆板的“指挥”，那情况会怎样？我们可以看看这样一个例子：

有一家主要从事食品加工的乡镇企业，老板张总事必躬亲，对员工信任度不高。每当营销员要出征时，他就会再三叮嘱：“你们遇事一定多汇报，否则出了问题，后果自负！”因而，在外省打拼的营销员们一个个小心翼翼，生怕办错事，后果会算到自己头上。因此，张总经常接到这样的长途电话：“张总，一天30元的旅店没找到呀，租一间一天35元的屋子可以吗？”“张总，这边的客户表示需要我们意思意思，那我们是不是可以买几条烟送去呀！”无论事情大小，他们一律请示汇报，只要未经老板认可，他们绝对不会自己做决定。

最终，一些有能力的营销员感到手脚被束缚着，有劲儿使不出，只好选择离开，另谋高就。留下来的那些营销员只会请示，工作起来没有丝毫主动性，领导不安排的事情一概不做，一年到头业绩平平。而张总也整日手机响个不停，忙得脚打后脑勺，花费上百万元的广告毫无效果，企业处于濒危边缘。

在军队里多用“指挥”一词，这是因为军队的行动只需要服从上级的命令，而不主张自我创造。管理学家德鲁克在提出“管理是指导而非指挥”时，设置了一个极为重要的前提——在知识型组织里。知识型组织的最大特点是创新和创造，这依赖于员工的主观能动性。现代社会中，任何企业都属于知识型企业，任何领导者都应该学会如何指导，而不是如何指挥。

了解每一个团队成员的角色

建立一个高效团队的第一步，是把合适的人聚在一起以形成团队。如果我们能够识别各种团队角色，并且能够根据这些角色来匹配团队成员，我们就有了形成具有巨大成效的团队的基础。这种成功将会远远大于所有团队成员独自工作的努力之和，不论他们每个人多么有天赋。

再进一步说，如果每一个人拥有一种角色，这种角色既适合于他们的技能，又与他们的个性相吻合，那他们就会感到自己正做着更大的贡献。他们将会得到更多的认可和赏识。这有助于在团队中形成更旺盛的士气。换句话说，一旦我们建立了一个强大的、人人都有其角色的团队，有关团队的其他工作也会变得更加容易。

每个团队都希望自己的团队内角色分配清晰、合理，但是当团队人员配备不平衡时，将怎么办呢？不妨借助下列方法进行解决：

第一个办法就是改组。这听起来有点戏剧性，但是两个或多个团队互换工作却可能是个好主意，这样能使他们去扮演他们能做得更好的角色。

第二个办法是增加团队功能的灵活性。找出每个团队成员喜欢什么任务、什么任务做得好，然后区分这些任务。这与整个职责领域的交换有所不同。团队给A一些B的工作，再将A的一些工作给C，再将C的工作给D，诸如此类。当然，要谨防拿走团队成员们喜欢并且擅长的工作。

第三个办法是将相互冲突的团队成员隔离。可以将团队划分为更小的工作群体，使每个群体负责不同的项目或负责同一项目的不同阶段。如果不能将相互冲突的团队成员隔离开来，那么，当团队成员在一起开会或讨论时，都要确保当时有一个协调的人员。

第四个办法是与其他团队交换。也许本团队旁恰好还有一个团队，这个团队或许正需要你团队中那个被认为不适合的人。这种交换有可能使每个人都更高兴。

要将一个组合较差的团队变为一个不断胜利的团队当然需要时间，但上述这些措施有助于加速这个过程。一旦团队辨明了每一个团队成员的团队角色，并且使他们找到最合适的工作，那么团队就形成了建立高效团队的基础。

第三章 以力管人，不如以智带人

委以重任，必会产生责任感

什么是帅才？帅才不一定懂技术，不一定懂财务、不一定会销售，但是一定会带团队。他能够领导不同的队伍，把性格不同、能力不同的人糅合在一起，使彼此互相协调配合，高效地完成各种任务。

一个大型酒店的老板，由于酒后肇事被判入狱3年。这位老板只信任他的一位吹长笛的朋友，于是将酒店交给这位朋友经营。吹长笛的朋友上任第一天，见到的基本都是酒店管理人员，他们对这位吹长笛的代理老板很不屑，说："你一个吹长笛的懂什么，凭什么管理这个酒店？"这位"长笛老板"回答："我是不懂什么，我只懂如何让一群自认为什么都懂的人给我赚钱！"

这个回答很经典。团队的领导者没必要什么都懂，他只需懂一件事：如何放权给最合适的人。这位"长笛老板"知道自己该干什么、会干什么，他把酒店的各项业务交给最有能力的人来负责，他自己则整日好像什么都不干，但是却把酒店经营得很好，并没有因为老板的入狱而出现问题。放权，使这家酒店持续行驶在正确的航道上。

美国管理学家泰罗说："为了提高效率和控制大局，上级只保留处理例外和非常规事件的决定权和控制权，例行和常规的权力由下属分享。"合理的授权是让领导做领导最该做的事，让下属做下属最该做的事。一个优秀的领导者一定要做好授权管理，在授权的同时要下属明白应该怎样去做。

《汉书·魏相丙吉传》记载，丙吉是西汉宣帝时的一位贤相，他从一个小狱吏开始，被逐步提拔为丞相。他深通治国之道，辅佐汉宣帝励精图治，使得宣帝统治期间，"吏称其职，民安其业"，号称"中兴"。《汉书》对宣帝大为赞赏，曰："功光祖宗，业垂后嗣，可谓中兴，侔德殷宗、周宣矣！"

有一次，丙吉外出时正好遇到因皇帝外出清道、驱赶行人而发生的群斗，死伤横道。丙吉从那儿经过时不闻不问。同行官员掾史觉得很奇怪，又不敢问他，只得陪同往前走。走到另一个地方时，他们看见有人赶着一头牛，这头牛走得气喘吁吁，热得直吐舌头。这时，丙吉却让车子停下来，派侍卫人员问赶牛的人："你赶这头牛走了几里路了？"

掾史觉得丞相莫名其妙，刚才在前面路上死伤了人都不闻不问，这会儿却对一头牛为什么喘气问个不休。于是他就讥笑着对丙吉说："丞相您是不是搞错了，您该问的不问，不该问的却问个没完。"

丙吉意味深长地对掾史说："百姓相斗而死伤了人，管这种事是长安令、京兆尹等官员的职责，应由他们派人去抓捕、审理。到年终，丞相只负责考核他们的政绩是优还是劣。根据考核的结果，奏明皇上后对他们进行奖赏或惩罚就是了。作为一个当朝丞相，不应该亲自管一些不该自己去管的具体琐事，所以刚才路过群斗的现场，我就不加过问。奇怪的是，现在正是春令时节，天气不应该太热。我怕那头牛喘得那么厉害是因为太热了。若是春天就那么热，那是时令失调，不符合节气的征兆。气候反常对农作物和人都可能带来灾害。我身为丞相，是朝廷百官之首，我的职责就是要使国家风调雨顺、国泰民安。只要是有关这方面的情况，我都要负责争取先搞清楚，才能做到心中有数。所以，我对牛喘气吐舌的现象就不能不亲自过问了。"掾史乃服，因为丙吉识大体啊。

带领团队的道理也是相通的，古今中外莫不是同样的道理。要做好一名优秀的领导者，要正确地利用员工的力量，充分地相信自己的员工，给予他们充分的条件，让员工感觉到领导对他的信任。士为知己者死，一个员工一旦被委以重任，必定会产生责任感，为了让领导相信自己的才干和能力去努力实现目标。

无功即过

任何一个企业都要有一些在关键岗位的关键人物，他们都是公司的能人，曾为企业的发展立下汗马功劳。但作为领导应该知道，每个人思想上都有一根发条，只有采取适当的方法，经常拧紧这根发条，才能确保每个人都劲头十足地工作。

作为一种保护性的生理本能，人是很容易滋生惰性的。生活安逸了、舒适了，同类之间不存在竞争了，有些人就会满足现状，不思进取，自动放慢前进的速度。因此，有经验的领导者都懂得，必须从上任的第一天起，就让所有下属知道不能有无过即功的想法。企业追求不断发展，大胆创新，而企业的人才无功即过。这是一条原则。

所谓“无功即过”，顾名思义，就是指领导者本着鼓励良性竞争的精神，调整那些长期占据关键性岗位而没有突出表现的人。

无功即过原则，主要用来激励那些占据关键性岗位的人。确定这一适用范围，完全是根据现代管理的需要以及领导者面对实际情况作出的明智选择。从领导者所管辖的下属的工作表现来看，绝大多数下属恐怕都够不上有功的标准，他们通常处于能够完成本职工作、不捅娄子的中间状态，真正有功或有错的只占极少数。奖惩虽然对处于中间状态的人能产生一定的激励作用，但由于这部分人在数量上占据着绝对优势，他们互相观望、互相攀比所产生的一种惰性，在很大程度上抵消了运用奖惩手段所产生的激励作用。为此，精明的领导者不得不想出更进一步的激励办法——从处于中间状态的这部分人中，极审慎地提选出少数占据着关键性岗位的人，对他们猛击一拳，催促他们快马加鞭，努力奋进。

这样做，不仅能够对绝大多数人产生强烈的激励作用，而且因为他们大都是占据各个关键岗位的人，对他们要求严格一些，大家也能理解，本人也能接受。此外，领导的精力毕竟是有限的，不可能也不允许对所有人进行过于细致的管理，领导只要将少数人管理好，整个企业就能高速运转。

对于占据企业关键岗位的能人来说，一是他们占据的位置重要，影响较大；二是他们人数较少，素质较高，理应严格要求；三是有充足的补充人员，你不干自有很强的人来干，因而具有较强的竞争性。鉴于这些原因，领导者一定要用好无功即过原则，让他们清楚地认识到，公司不赢利，他们就没用。

请将不如激将

一个成功的团队领导者，能够满足员工的各种需求，善于用语言和行动激发下属完成任务的热情和信心、勇气和决心。这需要高超的技巧。中国有句俗话："请将不如激将。"激将法，也是其中办法之一。

在人才的运用中，如果能够运用巧言激将法，将会收到意想不到的效果。在一定的条件和环境下，当有些人由于遭受挫折、犯了错误而缺乏信心时，为了使其接受上司的意见，故意用语言贬低、刺激他，从而激发其强烈的自尊心。这就是激将法。

使用激将法，一定要注意区分对象。应对症下药，方能于病有益。否则，只会白费唇舌、枉费心机。巧言激将还要看准时机。出言过早，时机不成熟，易使人泄气；出言过迟，又成了"马后炮"。除了要注意把握时机外，还要注意分寸。运用激将法，不痛不痒的语言犹如隔靴搔痒，但言语过于尖刻，也会使人反感。因而，语言激将要灵活运用。

愚蠢的激将法，往往是用嘲讽、污蔑、轻浮的语言将对方激怒，导致一发不可收拾。优秀的领导人用的是聪明的激将法。他可以运用以下几种方法：

激中有导法。面对不同的被激对象，有时简单的否定、贬低收效甚微，还需要“激中有导”，用明确的或诱导性的语言，把对方的热情激发起来。

某班有一学生不但成绩差，而且爱打架。一次，他打了一位同学还洋洋得意，自以为了不起。老师批评他说：“打架算什么英雄，学习超过人家，那才是真正的英雄。如果学习上不去，只是四肢发达，空有一身蛮力，那只能是被人耻笑的大狗熊！”那个学生从此发奋学习，在后来两年的学习中，成绩突飞猛进，其道德品质也为人称道，成了班里的尖子生。

直接激将法。直接激将就是面对面、直截了当地刺激对方，激怒他，使其自尊心被激发起来。

某班改选班干部，实行毛遂自荐的方式进行竞选。成绩和能力都很好的小李是大家公认的最佳班长候选人。然而，不知何故，小李迟疑难决。

在老师的暗示下，同学小张找到他，言辞颇为激烈：“小李，你不是和我说过你有远大的理想吗？同学们都对你寄予厚望，没想到你这么没出息，连个班长的职位都没有信心去竞选，真是丢死人了！”“我丢人？”小李“呼”地一下站了起来，说：“我难道是一个胆小鬼吗？我不信连个班长也当不了！”说完，他便冲向老师办公室报名去了。

间接激将法。间接激励就是有意识地褒扬第三者，暗中贬低对方，运用其争强好胜的心理，激起他压倒别人、超过别人的强烈愿望。

三国时期，为了联吴抗曹，诸葛亮来到江东找了孙权。他深知孙权不甘居于人下、轻易不服人的脾气。诸葛亮明知曹军有150万人，却对孙权说曹兵只有100万人。孙权对曹军人数表示怀疑。诸葛亮说：“我只讲100万，是因为怕吓坏你们江东的人呀。”

孙权中计，忙问：“那我是战，还是不战？”诸葛亮乘机说：“如果东吴人力、物力能与曹操对抗，那就战；如自觉不敌，那就投降！”孙权不服，反问道：“依你之言，刘豫州缘何不降呢？”此话正在诸葛亮预料之中，于是进一步激他说：“田横乃齐国一壮士，尚能坚守气节，何况刘豫州乃皇室之后，盖世英才，众望所归如百川入海，岂能屈膝投降、屈于他人旗下呢？”孙权被激得勃然大怒，发誓要与曹军决一死战。后来经过刘、吴两军的合作，巧用连横之计，终于大败曹军，取得了赤壁之战的胜利。

运用间接激将的方法，在于旁敲侧击，刺中对方不甘落后于他人的自尊心，使他萌发争强好胜之心，激发其斗志，提高对方工作的积极性。

因人而异法。运用激将法要看对象，有人好胜，“激”就是选这一点，你越说他害怕，他就越勇敢。有人自尊心强，此点一“激”就灵，你越说他不中用，他越不服，越逞强。当别人指责他放弃责任、隐退不出，嘲笑他不负责任、胆怯后退时，他的能量就被激发出来了。

煽情激将法。煽情激将法需要用具体的、有感染力的描述，用富有煽动性的语言激起人们心中的激情、热情。采用的可以是关于严酷现实的描述，也可以是未来的远景内容，不拘一格。

示范激将法。这种方法不仅军事家、政治家可以用，企业领导人同样可以用。

一个企业的厂长发现必须加班制造一样产品，于是让领班找工人回来加班。领班面有难色，表示有很多困难。厂长没有再说什么，晚上亲自跑到工厂加班。领班听到后，立即找了几个工人将厂长换了下来。从此之后，碰到加班的时候，这位领班再也没有意见。

在战场上，主帅是不宜亲自出战的。主帅出战意味着部将无能或失职，这个行动本身就是激将法。激将法有智愚高下之分，领导者应掌握好分寸尺度，灵活发挥，机智应用。这可以让你在需要员工拿出他们最大的力量拼死效力时，派上绝妙的用场。

对比激将法。对比激将法是借用与第三者（一般来说是强者）对比的反差来激发人的自尊心、好胜心、进取心。用对比法激人，选择对比的对象很重要。一般来说，最好选择被激对象比较熟悉的人，过去的情况，条件与其差不多的人，对比的反差越大，效果越好。

绝路激将法。军事家都懂得一个道理，人到了没有退路的时候，往往特别勇敢。中国历史上破釜沉舟、背水一战而大获全胜的例子不胜枚举。如果企业领导人懂得这个道理，在濒临绝境的时候，激励员工背水一战，也可能大获全胜。

将企业的利润和员工的努力挂钩

说到欲望，很多人把它与负面、消极挂钩，但欲望其实无善恶之分，关键在于如何控制。对一个团队来说也是如此，领导者要懂得激发团队的欲望，多让下属产生持续改进的欲望、挑大梁的欲望、赚钱的欲望，等等。把团队成员积极的欲望激发起来，那么公司就能得到更好的发展。

对于企业来说，赢利是最主要的。领导者一定要使团队赢利。企业的本质就是赢利，经济效益是企业一切经济活动的根本出发点。获取利润虽然不是企业组织在社会发展中所要履行的唯一任务，但赢利绝对是第一任务。这是因为，无论是企业承担社会责任，还是自身的发展需要，都必须依赖于经济资源的剩余。而这些经济资源的剩余就是企业的利润。因此，团队领导者必须把创造利润放在首位。

1993 年郭士纳就任 IBM 公司董事长和首席执行官。郭士纳的加盟，对 IBM 有着重大的突破性意义——他是 IBM 第一次从本公司之外引进最高领导者。当时的 IBM 形势不容乐观，公司的各条战线和各大板块都存在着致命问题。郭士纳上任后采取的第一项措施就是裁员——这就是空降高管的好处，因为是外来者，在公司内部没有枝枝蔓蔓的人际关系，裁起人来毫不手软。

郭士纳在一份备忘录中记载了当时自己采取这项措施的真实心境：我知道你们中的很多人多年来一直效忠于公司，对这个公司有很深的感情。但令你们没想到的是，到头来却被公司评价为多余的人，这一定令你们很生气。我知道这对大家来说都是痛苦的，但我深切感到裁员就是公司最希望我干的事情，并且所有人都知道采取这一措施是必要的。

裁员措施与 IBM 一贯坚持的企业文化精神相违背——不解雇是 IBM 企业文化的重要支柱。IBM 的创始人托马斯·沃森及其儿子小沃森都认为，不解雇政策可以让每个员工觉得安全可靠。但是，当时郭士纳所采取的政策使公司上下发生了翻天覆地的变化，他总共辞退了至少 35000 名员工。

裁员结束后，他对留下来的员工说：有人对公司怨声载道，要么说自己的薪水太少，要么说自己升迁太慢。我要告诉你们的是，要想涨薪或升职，必须拿出点成绩给我看看，必须为公司创造出效益。能否升职或涨薪，这一切取决于你们自己。

我们必须承认郭士纳的话很有道理以及他的措施是正确的——经过他的整顿和改革，IBM 在短短 6 年内重塑了企业的形象，走上了迅速崛起的复兴之路。郭士纳提醒了我们，虽然赢利是企业生存和发展的根本目的，但是促进企业赢利目标的实现，却是公司上下共同的责任。

美国惠普公司创始人比尔·休利特和戴夫·帕卡德强调，只有在员工为公司创造出丰厚利润的条件下，他们的奖金和工作才能得到保障。公司只有实现了赢利，才能把赢得的利益拿出来与员工分享。作为企业组织的一名成员，任何员工都要为公司创造财富，而且要把为公司创造财富当作神圣的天职、光荣的使命。

员工最重要的任务就是为企业赚取最大的利润。这不仅是组织对其成员的要求，也是成员从组织赚取薪水和获利的基础。松下幸之助曾经说过："赢利是整个社会繁荣不可或缺的义务和责任。假如干不能赢利的工作，还不如一开始就不干，也没有必要干，因为干了也没有任何意义。”这就要求组织成员必须把促进组织创造利润作为最大职责。

杜邦集团创始人亨利·杜邦宣称：“企业利润高于一切。”所有杜邦家族的男性成员如果在杜邦公司工作一段时间之后被认定为无法为促进公司创造效益提供支持，就会被要求退出公司。在亨利·杜邦眼里，只有家族服务于企业，绝不能让企业服务于家族。不能为组织创造利润，那就是组织的累赘，是公司的冗员，为了公司发展的需要，这部分人必须被清理出去。

无论是杜邦，还是IBM，创造利润对于任何公司而言都是一样重要的，都是必须秉承的首要发展原则。利润的产生必然仰仗组织成员的付出和努力，企业的兴衰成败、收益多少都与成员的努力紧密相连。

当每一名成员都把创造利润作为自己最高的职责和神圣使命，并努力工作时，这个组织将会迎来更大的利润和发展空间，组织成员也将获得更多的收入和更大的成就。

利用危机感，激发团队

每个领导都希望自己的员工充满干劲，努力工作，但并不是每个人都能如此。从心理学角度讲，命令不如引导，引导不如让他们自己发现危机。然而，很多领导不懂这个道理，只是用命令的方式让员工听命于自己，以为这样够强势，是最好的办法。其实这是效果最差的做法。

一般来说，依靠大量的工作、权力压着他们，会让团队陷入疲惫，同时也容易激起员工的反抗情绪，不仅不能实现自己的目的，反而会适得其反。用利益去激励员工，他们自然会有干劲，但也并不是最好的办法，最好还是让他们有危机感。

当然，让员工有危机感，并不是让领导者在公司内部制造危机感。与身边人竞争的意识越强烈，团队就越不稳定。这样做的公司，虽然员工们也很努力，但缺少团结奋进的氛围。而在这点上，阿里巴巴创始人马云的做法就很高明，我们来看看他是如何跟员工说的：

我们的对手是世界一流的对手，谷歌是市值为1300多亿美元的公司，拔一根毛出来就有不知道多少公司被打下来。我们中午在开会，英文站点的技术人员才18个人，18个人在面对谷歌这样的对手。

我们要求公司各个部门给英文站点提供强有力的支持，因为65%营业额来自B2B，是这18个工程师在扛着。我们处在危机当中，必须在两三个月内彻底扭转这个局面。阿里软件、淘宝、支付宝、雅虎中国，我们要抽调优秀的工程师到这个团队里面，特别是阿里软件，有多少工程师，举手给我看看。今天B2B老大第一个站到拳击台上，对不对？这是真正世界性的拳击台，马上要上去。

我们要配置好优秀的人才，要配置好优秀的肌肉，拳击套、牙套要戴好。阿里软件，抽你们的人，别说不。我们今天需要像志愿军一样跨过去，淘宝、支付宝、雅虎中国，全部要有这样的心态。我们今天全力以赴派第一批志愿军进入B2B，为我们的国际网站奋斗。

明枪暗箭越来越多，QQ的实力大家都知道，百度的实力你们也知道，谷歌的实力你们也知道。阿里巴巴是强大，但我们对手也是世界一流、中国一流。QQ应该讲是世界一流吧，IM（即时通信）谁玩得过它。谷歌是世界一流，百度股票涨到了200多美元。告诉大家，碰上优秀的对手，首先你很幸运。淘宝很运气，阿里集团很幸运，我们今天碰到的对手是世界一流的对手，我们要学习他们、超越他们。

我想告诉大家，我们的模式并不比他们差。我认为电子商务和互联网最强大的两大模式，第一个是门户，第二个是搜索引擎。到目前为止，真正Web2.0商业模式运用最好的，不是靠广告，而是靠交易赚钱，就是eBay和淘宝。

马云也给员工制造了危机感，这样不仅可以激励起公司所有员工的豪情，更有利于大家结成一股力量，劲都往一处使。当一群羊不团结的时候，最好的办法不是给他们定制度，而是在它们的周围放一匹狼。就是这个意思。

马云的短短一席话，便营造了一种紧张的氛围，激发了员工的豪情，让员工有上进的精神。大家听了这番话后，想得更多的就是，虽然我们的对手很强，但我们也不弱，既然大家都是强者，那么就放手搏一次，比个高低吧。团队的积极状态在瞬间就被激发了出来。

引进一个，带动一片

过日子可以平平淡淡，但对企业来说，任何一种形式的因循守旧和抱残守缺都是致命的。平平淡淡根本不是真。

一位高明的团队领导者要明白，做好企业管理就要善于激活员工的情绪。在管理中应尽最大可能利用好"鲇鱼效应"，努力使整个团队始终保持着竞争状态，让每个人都成为具有强烈危机感的沙丁鱼。只有这样，企业在市场上才会立于不败之地。

挪威人爱吃沙丁鱼，不少渔民都以捕捞沙丁鱼为生。沙丁鱼只有活的才新鲜可口，渔民出海捕捞到的沙丁鱼，如果抵港时还活着，卖价要比死鱼高出好多倍。但是沙丁鱼总是在渔船还没到达岸边时就已经口吐白沫，渔民们想了无数的办法，想让沙丁鱼活着，但都失败了。然而，其中有一条渔船总能带着活鱼上岸，他们捕来的活鱼自然比死鱼的价格贵好几倍。

原来，他们在沙丁鱼槽里放进了鲇鱼，鲇鱼是沙丁鱼的天敌，当鱼槽里同时放有沙丁鱼和鲇鱼时，鲇鱼出于天性会不断地追逐沙丁鱼。在鲇鱼的追逐下，沙丁鱼拼命游动，激发了其活力，从而活了下来。

这就是"鲇鱼效应"的由来。一个人在没有危机感时就会懈怠，一个团队也一样。如果人员长期固定不变，就会缺乏新鲜感，也容易养成惰性，缺乏竞争，没有紧迫感，也没有危机感。只有有了压力，存在竞争氛围，员工才会有紧迫感、危机感，才能激发进取心，企业才能有活力。所以，在团队建设中，领导者们要懂得引入“鲇鱼”，引进能干的人才，使其他的员工感到紧张和压力，“引进一个，带动一片”。由此一来，整个团队就会生机勃勃。

本田公司的总裁本田宗一郎就曾面临这样一个问题：公司里东游西荡的员工太多，人浮于事，严重拖企业的后腿。可是把他们全开除也不妥当，一方面会受到工会的压力，另一方面企业也会蒙受损失，这让他大伤脑筋。他的得力助手、副总裁宫泽就给他讲了沙丁鱼的故事。

本田听完了沙丁鱼的故事后，豁然开朗，连声称赞这是个好办法。宫泽最后补充说：“其实人也一样。一个公司如果人员长期固定不变，就会缺乏新鲜感和活力，容易养成惰性，缺乏竞争力。只有外有压力，内有竞争氛围，员工才会有紧迫感，才能激发进取心，企业才有活力。”本田深表赞同，他决定去找一些外来的“鲇鱼”加入公司的员工队伍，以制造一种紧张气氛，发挥出“鲇鱼效应”。

说到做到，本田马上着手进行人事方面的改革。销售部经理的观念与公司的精神相距太远，而且他的守旧思想已经严重影响了他的下属，因此，必须找一条“鲇鱼”来，尽早打破销售部只会维持现状的沉闷气氛，否则公司的发展将会受到严重影响。

经过周密的计划和努力，本田终于把松和公司的销售部副经理，年仅35岁的武太郎挖了过来。武太郎接任本田公司销售部经理后，首先制定了本田公司的营销法则，对原有市场进行分类研究，制定了开拓新市场的详细计划和明确的奖惩办法，并把销售部的组织结构进行了调整，使其符合现代市场的要求。

武太郎上任一段时间后，凭着丰富的市场营销经验、过人的学识、惊人的毅力和工作热情，受到了销售部全体员工的好评，员工的工作热情被极大地调动了起来，活力大为增强。公司的销售出现了转机，月销售额直线上升，公司在欧美及亚洲市场的知名度不断提高。

本田深为自己有效地利用了“鲇鱼效应”而得意。此后，本田公司每年都重点从外部聘用一些精干利索、思维敏捷的30岁左右的生力军，有时甚至聘请常务董事一级的“大鲇鱼”。这样一来，公司上下的“沙丁鱼”都有了触电的感觉。

当一个组织的工作达到较稳定的状态时，常常意味着员工工作积极性的降低，一团和气的集体不一定是一个高效率的集体，这时候“鲇鱼效应”将起到很好的“医疗”作用。

当压力存在时，为了更好地生存发展下去，承受压力的人必然会比其他人更用功，而越用功，跑得就越快。适当的竞争犹如催化剂，可以最大限度地激发人们体内的潜力。

一个单位或部门，如果人员长期固定，彼此太熟悉，就容易产生惰性，削弱组织的活力。这时，如果能从外部招聘个别“鲇鱼”，他们就能以崭新的面貌对原有部门产生强烈的冲击。同时，他们可以很好地刺激其他员工的竞争意识，克服员工安于现状、不思进取的惰性。可以说，刺激在团队管理中无处不在，科学的刺激方式，可以使员工受到积极的影响。

换换方式，让团队成员跑起来

一个团队的状态直接关系着团队功能的发挥、业绩的提升。懒散、漫不经心、消极、被动接受等状态会让团队变成一盘散沙。著名管理顾问尼尔森认为：未来企业经营的重要趋势之一，便是领导者不能再如过去一般扮演权威角色，而必须设法以更有效的方法间接引爆员工的潜力，才能创造企业最高效益。

调整好团队的状态，让团队成员跑起来，尤其是面对那些自觉性比较差的员工时，一味地为其创造良好的软环境，对其不会产生丝毫的帮助。相反，应该让他感受到激励，这样才能激发他们成长的动力。

大家都听说过“望梅止渴”的故事：三国时曹操征战张绣，行军了很长一段时间都找不到水喝，在大军军心动摇、疲惫不堪之时，曹操告诉他的军队，在前方不远处有一片梅林，到那就可以吃梅子止渴。大家一听，士气为之一振，后来既找到了水源，又完成了行军任务！

在一个团队中，即便是自觉性强的员工也有消沉的时候，也会有依赖性。偶尔利用你的权威及时制止他们消极散漫的心态，帮助他们认清自我，激发他们发挥自身的潜力，重新燃起新的工作斗志。

曾经有一个男孩问迪斯尼创办人华特：“你画米老鼠吗？”听到这个问题后，华特明确地回答：“不，不是我。”“那么你负责想所有的笑话和点子吗？”小男孩追问。“没有。这也不是我的工作。”华特接着回答。男孩百思不得其解，又问：“迪斯尼先生，你到底都做些什么啊？”华特笑了笑回答道：“我就是一个充气筒，给每个人打打气。我猜，这就是我的工作。”

华特揭示了团队领导者的真正角色：教练、老师，也可能是班长。团队领导者要能激励员工士气，传授员工经验，解决员工的问题，能令员工折服，必要时还得自己跳下来打仗。要让有能力、有意愿的人，死心塌地跟着主管打拼，并且激励有能力、没意愿的成员，提升有意愿、没能力的成员，这是对团队领导者最大的挑战。打造一个成功的团队是团队领导者的核心职能。打造成功的团队，就需要领导者推动团队成员共同进步。

2002年，张一凡只是某百货公司一名普通的采购员。当时，百货公司员工经常可以看到他将重达几十千克的物品送到食堂；为节省企业开支，负责公司采购的他经常利用上班前的时间自行到菜市场为食堂采购原料，为了挑选价廉物美的原料，他总是不辞辛苦，货比三家；出现紧急情况时，他总是随叫随到。

他的表现被领导看在眼里，当年他就被评为公司优秀员工，并被提拔为采购部经理。对于优秀员工的评选，公司领导人寄予了这样的期望：通过挖掘普通职工身上的闪光点，用员工身边的先进典型事迹鞭策员工，弘扬勇于挑战自我、勇于战胜困难、敢于迎难而上的企业精神。在张一凡的带领下，采购部成了公司内部最优秀的部门。

张一凡的事例说明了身教重于言传，示范和榜样的力量是无穷的。但很多领导者却很困惑：我在处处传帮带呀，为什么部下的效率却越来越差？需要领导者反省的是：因为自己事必躬亲，并且处处按照自己的操作方式来要求每一个下属，时间长了，什么事情自己都干了，下属自然轻松地等着领导来干。

身教并不是一直要带着干下去，在有新工作时才需要加以示范、引导。在多数的工作时间里，需要下属自主完成。通过亲身实践，他们才能成长。在员工提升能力的过程中，团队领导者的主要工作就是推动他们，让他们跑起来。只有他们跑起来，企业的发展速度才能高起来。

昂扬斗志，把团队氛围搞起来

在团队管理中的很多现象都令人深思。在和部下的沟通和交流中，你一定会听到很多类似的话："经理，宇宙公司的王总脾气真怪，我去了3次了，他都不搭理我。""总是这些事情，总是这些人，我感觉自己没有一点提高。""经理，您让我去做的事情看来是没戏了，咱们公司实力不强，抢不过人家啊！"……

听了这些话，作为领导者的你有没有想过，为什么团队会出现这样的问题？为什么过去几个小时就可以完成的事，现在一天也完不成呢？奖金的设立本来是为了激励员工斗志和鼓励他们积极性的，可为什么发了奖金反而引起了很多纠纷呢？为什么以前布置的任务，员工二话不说就勤勤恳恳地干，现在却总是讲条件呢？

成员对目标失去信心、前进的动力不足……这样的团队气氛必然会影响公司的业绩。作为团队领导者，我们要懂得鼓舞士气，把团队气氛搞起来，让下属们跑起来领导才能轻松自如。

威廉·詹姆斯是美国哈佛大学的教授，通过研究他发现：在不好的环境里，员工的潜力只能发挥出五分之一；而在良好的环境中，同样的员工可以发挥出其潜力的五分之四，甚至百分之百。可见，在企业管理中，领导者要善于调动员工的积极性，提高团队的积极性。事实上，每一个企业都有自己的管理方式，可是很多企业的管理都收不到成效，这是因为管理是需要变化的，不同的发展阶段领导方式也应有所不同，不能墨守成规。要想让你的下属跑起来，就必须找到关键，熟悉领导技巧，并把这些技巧进行综合运用。

要让团队保持一个好的气氛，那么就要了解：你部下的工作动力在哪里？他们为什么要努力地工作？他们希望工作能给他们带来什么？分析了这些后，就可以针对情况，灵活运用了。以下是一些让团队斗志昂扬的方法。

第一，给员工制造一种充满竞争的氛围。要知道，在充满压力的竞争气氛中，有谁会甘居下游、被淘汰呢？

第二，适当地给予员工晋升机会。晋升带来的，除了薪金的上涨外，更多的是给其带来的责任感、成就感等。

第三，在员工取得了一定成绩时要表达赏识和认同。千万不要吝惜自己的表扬，然后把员工取得的成绩让团队里的每一个人知道，然后让他承担更多的责任。

第四，对于表现好的员工，授予其更大的权力；当下属遇到一些困难时，给予信任和必要的指导、帮助。

第五，要让员工知道“一分耕耘，一分收获”，给下属创造一个公平的竞争环境，做到按劳分配，完善考核机制。

第六，试着给员工改变一下工作内容和形式，以此来激发员工的工作动力，使其工作内容更丰富。

第七，员工在工作中出现错误和疏漏时，除了帮助其改正外，还要进行一定的惩罚，这样才能防止他再犯同样的错误。

第八，通过培训提高员工工作技能，拓宽其视野。

第九，注意给予员工情感激励，以诚相待，做他们的知心朋友和生活顾问。

第十，身教重于言教，团队领导者要起带头作用，给予员工行为激励。

在具体的管理当中，不同的领导者有不同的管理方针，管理的精髓是要把自己的思想变成员工的行动。在公司现有的基础上只有领导者能整合最大的人力资源潜能，可以用最低的成本创造最大的利润，才能达到最佳效果。员工斗志昂扬，企业怎能不兴旺？

“拜托”命令，员工更易接受

蒂娜·菲是马克·吐温美国幽默奖最年轻的获奖者。作为一个天生的戏剧天才，她是骄傲的。然而她骄傲的不仅仅是这个，她同时还是一位很有名的管理者。她曾写过一部很有影响力的管理类书籍《管家婆》。她说：“作为一个老板永远不包括走来走去、挥动手臂和高喊‘我是老板！我是老板！’的口号。一个好老板就是要雇用一些有才能的人，然后就不再干涉他们，让他们按照自己的方式做事。”

一个企业的管理者，不能以“老板”自居。管理者在企业中强调自己的老板地位实际上是在远离员工，会使员工丧失积极主动。管理者不以老板自居，走近员工，其实就是在赢得民心，为自己的管理铺平道路。

有一次，在美国田纳西州的州长选举中出现了兄弟二人双双出马竞选的情节。哥哥以微笑战术来增加支持者；相反，弟弟却一概不采用这些漂亮的姿势。当他站在讲台上时，会边摸着口袋边对听众说：“你们谁可以给我一支香烟？”

结果是弟弟大胜。

选民们因为政治家的平易近人、能向普通百姓要香烟而对他投以更多的支持票。能够跟大人物这么近距离地打交道，在普通人看来是一件很光荣的事。领导者有时故意做出某个举动，使自己变成普通人，甚至通过语言来让对方感到自己格外受尊重，这其实是借着立场的逆转来挑起对方的虚荣心。

人往往有一种逆反心理，越是强硬的命令，越是不愿意服从。然而，同样是上司的命令，如果用“拜托”这句话来置换彼此的身份，人的逆反心理便会减弱，常常会感觉不出这是命令。比如，经理在交给下属某件工作时，走到下属的桌旁，说：“有一件事想拜托你……”经理本来可以用命令的语气，但却对下属称“拜托”，用措辞使立场逆转了过来。如此一来，下属便产生了干劲，去忙着干被委托的工作。这种办法很奏效。

语言，原本就带有社会功能。公司中的员工常常对管理者抱有某种坏印象，但管理者如果冠以“先生”来称呼员工，那么彼此之间的地位关系便会扭转过来，使员工抱有优越感，对管理者的话言听计从。这样一来，即使直接下会招来抵抗的命令，也可以使员工感受到命令的人情味而去积极执行。

员工需要一个好的老板，但不需要一个整天以“老板”的姿态出现在自己面前的老板。管理者为了能有效地调动员工，让员工帮助自己成就大事，就要尽量将管理工作中的指挥、命令下得更加委婉。不要在员工面前总是端着一个老板的姿态，要听取员工的建议，这也是领导者低调做人和平易近人的表现。

管理者要做到在安排任务时语气缓和，不应让员工有“被命令”的感觉；在员工犯错的时候，不盛气凌人，要尽量做到中肯有理；在平时也不要耍老板威风，要表现出谦和的姿态。

金钱买不来勇敢，却能激发士气

在对员工进行行为激励的过程中，领导者要充分认识到，员工对高收入及优厚报酬的追求是永恒的。只有在充分认识到员工的物质需求后才能进行有效的激励。团队管理应遵循的一个基本原则就是不断满足员工日益增长的物质需求。

虽然拿破仑说过“金钱并不能买来勇敢”，但为了保持部队的士气，他还是慷慨地给立下赫赫战功的官兵丰厚的物质奖赏。单单在征服普鲁士、打败沙俄、签订《提尔西特和约》后，拿破仑就一次性奖励给内伊元帅30万金法郎、贝尔蒂埃元帅50万金法郎、达乌元帅100万金法郎，其他实际参战的元帅和军官也都获得了奖赏。

在企业管理史上，首先采用高薪的是福特汽车公司的奠基人亨利·福特，他也用高薪赢得了高效。在引进流水线来生产汽车后，福特进行了一项创新：每天支付给员工5美元的工资。当时美国人的平均日工资大约是2美元。听到这个消息后，很多人嘲笑他：“福特疯了，如此高的工资水平将使他破产！”但是，福特工厂外面的求职者却因为5美元的日工资而排起了长队。

虽然工资大大提高了，但福特公司的生产成本竟然还减少了。正如福特所说：“这是我们所做的最成功的降低成本的方法之一。”福特公司支付高工资的决策与采用流水线的生产方式是密不可分的。流水线对工人是高度依赖的，假如一个工人旷工或工作缓慢，其他工人就无法完成他们的任务。所以说，这种生产方式需要高素质的工人，而且需要员工保证出勤率。为了达到这些要求，最好的手段莫过于给员工支付高薪。实践证明，福特公司工人的流动率下降了，缺勤率下降了，生产率却大大提高了。

与福特公司一样，美国跨国公司辉瑞制药有限公司的成功也是源于给员工支付高薪。辉瑞制药有限公司中国区人力资源总监在接受记者采访时曾说：“作为一名在辉瑞工作了多年的员工，辉瑞吸引我的主要原因之一就是它可以满足我的物质需求。通过在辉瑞的工作，我可以有不错的收入来维持我的家庭稳定，并且过着体面的生活。其实，员工为什么在这家公司工作，说到底是公司可以满足他们的期望。很多领导者擅用权威式的领导让员工服从，实际上这样做不仅抑制了员工的工作热情，而且这种方法也只适用于少部分的员工。让辉瑞的员工忠心耿耿的秘诀在于让员工满意。其中，满足员工物质的需求是一个重要因素。”

《史记·货殖列传》中说：“天下熙熙，皆为利来；天下攘攘，皆为利往。”说的其实就是人们忙忙碌碌所追求的就是为一个“利”字。上海有一家公司，由于其技术不过关，所以产品始终无法上市，进退两难。该公司决定招聘技术方面的专家，但懂得该技术的人屈指可数。后来公司领导听说广州一家公司的总工程师拥有相关技术，于是派人游说这名总工程师，并许诺工资比他原公司高 3 倍。然而，这个工程师所在公司为留住他这个顶梁柱，也许诺加薪。上海公司的经理想了一下说：“无论广州公司出多少钱留他，再加 3 倍就是我们给出的条件。”最后他们顺利地把工程师挖到了手，技术问题得到了很好的解决，公司赢得了丰厚的利润。

现代的企业管理中，金钱是员工的最根本需求之一，企业要想活力持久就要以“薪”换心。无论对谁来说，更高的收入总是很有诱惑力的。不管领导者用多么好听的语言表示感谢，员工最终期望的还是得到自己应得的那部分，使自己的价值得到体现。

小奖私下发，大奖明面设

奖励能带动员工的积极性，让大家能更好地为企业效力，但奖励也要掌握方法，不然会折了钱财、涣散了人心。

比较好的方法是把大奖设在明面上，把小奖用在暗处、私下里奖励，这样的做法能稳定人心并调动积极性。业务骨干做出一些令领导者引以为荣的事情时，领导者应及时地为他们喝彩，调动他们的积极性，让他们更加努力地干好每件工作。努力得不到领导者的肯定，他们还会努力地为你工作吗？

美国有一家生意兴隆的大公司，这个公司办有一份深受员工欢迎的刊物。该刊物每个月都要通过提名和刊登照片对工作出色的员工进行表扬。

这个公司每年的庆功会更是新颖。受表彰的业务骨干于每年8月来到科罗拉多州的维尔，在热烈的气氛中，受表彰的100名业务骨干坐着架空滑车来到山顶，参加在山顶举行的领奖仪式。庆功会简直就是一次狂欢庆典。此后，公司内部会播放摄影师摄下的庆功会全过程。工作出色的业务骨干是庆功会的中心人物，他们会得到大家的喝彩，激励和鼓舞全体业务骨干奋发向上。

在企业管理中，奖励并不只是塞钱给员工那么简单，该当着大家的面奖励的却在暗地里奖励，有可能会引起员工间的互相猜忌；该暗地里奖励的却当着大家面奖励，有时候会让拿奖的员工比较难做人；该给大奖的却给了小奖，根本起不到激励的作用；该给小奖的却给了大奖，反而会降低获奖者的工作动力。奖励员工要掌握技巧才能稳定人心，起到奖励的积极效果。

美国一家纺织厂激励业务骨干的方式也很独特。这家工厂原来准备给女工买些较贵的椅子放在工作台旁休息用。后来，老板想出了一个新规定：如果有人的产量超过了每个月的生产定额，她将赢得椅子。奖励椅子的方式也很特别：工厂老板将椅子拿到办公室，请赢得椅子的女工进来坐上椅子后，在大家的掌声中，由老板将她推回车间。

美国的一些公司，就是以多种形式的表扬和丰富多彩的庆祝活动，来激发业务骨干的积极性和创造精神。

这两家公司都注重运用荣誉激励的方式，进一步激发业务骨干的工作热情、创造性和革新精神，从而大大提高了工作绩效。荣誉激励，这是根据人们希望得到社会或集体尊重的心理需要，对于那些为社会、为集体、为公司作出突出贡献的人，给予一定的荣誉，并将这种荣誉以特定的形式固定下来。这既可以使荣誉获得者经常以这种荣誉鞭策自己，又可以为其他人树立学习的榜样和奋斗的目标。因而，荣誉激励具有巨大的社会感召力和影响力，能使公司有凝聚力、向心力。

凡是有作为的公司管理者，无不善于运用这种手段激发其下属的工作热情和斗志，为实现特定的目标而作出自己的贡献。

业务骨干工作勤恳卖力，能使公司蒸蒸日上。业务骨干为公司作出突出贡献时，作为领导者，千万不要吝惜腰包，要不失时机地给员工以金钱奖励，大奖明奖，小奖暗奖，让员工感觉到，自己的努力没有白费，多付出一滴汗水就会多一分收获。

奖励可分明奖及暗奖。国内公司大多实行明奖，由大家评奖，当众评奖。明奖的好处在于可树立榜样，激发大多数人的上进心。但它也有缺点，由于大家评奖，面子上过不去，于是最后轮流得奖，奖金也成了“大锅饭”。同时，由于当众发奖容易产生嫉妒，为了平息嫉妒，得奖者就得按惯例请客。有时不但没有多得，反而倒贴，最后使奖金失去了吸引力。

外国公司大多实行暗奖，管理者认为谁工作积极，就在工资袋里加钱或另给红包，然后发一张纸说明奖励的理由。暗奖对其他人不会产生刺激，但可以对得奖人产生刺激。没有得奖的人也不会嫉妒，因为谁也不知道谁得了奖励，得了多少。

事实上，其实有时候管理者在每个人的工资袋里都加了同样的钱，可是每个人都认为只有自己受了特殊的奖励，下个月大家都很努力，想要争取下个月的奖金。

明奖和暗奖各有优劣，不宜偏执一方，应两者兼用，各取所长。比较好的方法是大奖用明奖，小奖用暗奖。例如年终奖金、发明建议奖等用明奖方式。因为这些不易轮流得奖，而且发明建议有据可查，无法吃“大锅饭”。月奖、季奖等宜用暗奖，可以实实在在地发挥激励作用。

第四章 抓细节，让有本事的人为己所用

养成团队成员的好习惯

打造一支充满朝气、高效的团队，让有本事的人为己所用不是件容易的事。俗语说：火车跑得快，还需车头带。一句话就形象地点出了团队领导者对组织发展的重要性。那么，团队领导者如何打造团队的素养呢？

细节决定成败，习惯成就未来。养成团队成员的好习惯是非常重要的，下属的工作习惯直接影响着团队的运行效率。但犯同样错误的人，大部分都是由于其职业习惯不好而造成的。

某公司最近修改了考勤制度，部门里的人屡屡未通过考核。这让部门领导小李百思不得其解。在召开部门会议时，他决定来一次突击抽查，结果发现能把新的考勤制度说上三五条的人寥寥无几。看着自己的下属工作敷衍搪塞的样子，他很无语。事后他了解到大伙都没有看公司文件的习惯。公司文件虽然已经在内网上发布了，但不去看的话，自然不知道其内容。

员工是需要雕琢的，而雕琢的核心方式就是培养其职业习惯。

一位木匠师傅总是不厌其烦地交代学徒要保养好刨子、斧子、磨刀石等工具，这是为什么呢？磨刀石的功用不只是能磨出锋利的刀刃，更重要的是它能磨出学徒的耐力和毅力。做事马虎者，其磨刀石必然长满了红色的铁锈，反之，名匠的磨刀石总是光泽明亮。

下面这些场景在组织里并不鲜见：椅子或桌子上，文件放得乱七八糟；桌子、椅子上，用手一摸，尽是灰尘；复印机忘了关，连续1小时在空转；人都下班了，电灯不关，电脑不关，领导者问起来，理由是“忘记关了”，还认为领导是故意为难自己……

这些细微的表现，看似无伤大雅，实则体现了对办公设备的不珍惜，也间接地说明了工作态度的不认真。从这些细节可以看出一个人的修养。因此，作为领导，只要懂得从细处入手，就可以很好地培养下属的习惯。

海尔曾引入一条冰箱生产线，计划要达到9000台的年产量，张瑞敏就把目标分解到每一天，于是有了“日清工作法”。后来演变成“日事日毕，日清日高”的“OEC管理法”。

OEC管理法，即英文“Overall、Every、Control and Clear”的缩写。O——Overall（全方位），E——Everyone（每人）、Everything（每件事）、Everyday（每天），C——Control（控制）、Clear（清理）。OEC管理法则也可用“日事日毕，日清日高”来解释。

“日事日毕”，就是要求在当天弄清当天发生的各种异常现象，分清责任，及时采取有效的措施进行处理，以防止问题的累积，确保工作责任的真正落实。

“日清日高”，就是要不断地改善、提高工作中的薄弱环节。公司算了一笔账，只要职工坚持每天提高1%，工作水平70天就可以提高1倍。

这个管理法的落实过程需要借助一个叫作“3E卡”的记录卡。3E卡，就是用来记录每个人每天对每件事的日清过程和结果。“3E”是英文Everyday、Everything、Everyone的缩写，即每天、每件事、每个人。3E卡是“日事日毕，日清日高”的具体体现。

海尔要求每个员工每天都要填写一张3E卡，员工收入就跟这张卡片挂钩。3E卡将每个员工每天工作的7个要素量化为价值，每天由员工自我清理，计算日薪并填写记账，检查确认后给班长。不管多晚，班长都要把卡收回签字后交给上一级的车间主任，由车间主任审核完后再返回来。

在OEC管理法实施后，海尔集团获得了长足的发展，企业管理精细化程度、流程控制能力都得到了提高，为后来成为世界家电百强奠定了基础。

要培养下属良好的工作习惯，领导者可以制定各种各样的规章制度。规章制度制定后，不能只挂在墙上，要定期且及时地落实执行。遇到有些下属故意不按规章执行的话，可以狠批其一顿。良好的工作秩序若能保持下去，对于培养下属良好的工作习惯是很有效果的。

企业之间的竞争不仅是产品或技术的竞争，也体现在团队工作的细节上。一个团队是否具有较高的执行效率，和团队成员的职业习惯密切相关。同时，衡量一个领导者管理成效的重要标志，就是团队成员是否有好的习惯。因此，领导应重视下属良好工作习惯的培养，这是打造高素质团队的必经之路。

赏不逾时，事半功倍

“奖励一个人，激励上百人”，要达到这样的效果，需要注意一个细节，那就是——及时。著名管理顾问尼尔森特别强调，赞美员工需符合“即时”原则。有时，员工完成一项任务后没及时得到应得的奖励，等到他得到奖励时，他差不多早已忘了自己为什么得到奖励。这时，奖励已经失去了激励效用。为了避免发生这种情况，团队领导者最好在员工出色完成任务后立即通过奖励来表达赞美。

古人提倡“赏不逾时”，这也说明及时激励的核心是一个“快”字，激励只有及时才能使人们立刻意识到做好事的好处。给人奖赏一定不能错过好的时机。

古时候，有一个官员非常喜欢吃叫花鸡，要求厨师每天都为他准备一只。可是当叫花鸡端上来后，官员发现鸡总是少一条腿。这个官员很是奇怪，于是责问厨师：“你是不是把另外一只鸡腿偷吃了？”厨师很无辜地说：“不是呀！是我们养的很多鸡本来就是一条腿，不信的话您到后院看看。”官员觉得莫名其妙，于是跟着厨师来到后院一看，每只鸡居然都一条腿站着。见此情景，厨师得意地说：“老爷，您看！这些鸡可都一条腿。”这个官员当然知道这是鸡睡觉的习性，于是大声鼓掌，把鸡全部惊醒，鸡才把另一条腿放了下来。官员指责厨师道：“你还想骗我？你看！这鸡不都是两条腿吗？”厨师嬉皮笑脸地答道：“老爷，我上菜的时候可从来没见您鼓掌。以后上菜的时候请您鼓鼓掌，那么叫花鸡就是两条腿啦！”

在饭店工作的员工小马发现，每个到饭店就餐的人都对桌子上的瓜子非常感兴趣。不管是否喜欢吃，反正他们一坐下就开始抓起瓜子，一粒接一粒嗑起来。即使中途出去接电话或者上厕所，回来后还是很自然地抓起瓜子就嗑。这到底是为什么呢？小马为了这个问题去请教了心理学专家。专家对此的解释是：每嗑开一颗瓜子，人们马上就会享用到一粒香香的瓜子仁。这是对嗑瓜子的人的即时回报，在这种即时回报的激励下，人们会不停地去嗑下一颗瓜子。另外，一盘瓜子嗑完后，不一会儿就有一堆瓜子壳产生，这会使人们产生成就感。

这个案例对企业管理具有警示作用。作为一名团队领导者，如果有办法能让他的员工像嗑瓜子一样愉快地完成工作，那么他无疑是成功的。团队领导者应该懂得，员工每完成一次任务时都应该给予及时的激励。也就是说，在员工完成任务以后，第一要激励，第二是要马上激励。下属的任务就是嗑开瓜子，而团队领导者对下属的态度就是瓜子仁。如果下属连续两次吃到坏瓜子（不被领导重视，或是不能获得奖励），那么，下属肯定不愿意再嗑瓜子了。如果你的某个下属这个月任务完成得很好，那么你就应该按照制度当月兑现你给予他的奖金承诺，不要拖到下个月或者下下个月，更不能闭口不谈兑现奖金的事。否则，员工的工作热情会因为出色的工作表现没有得到上司的及时肯定或者奖励而衰退。

企业以追求效益最大化为目的，而员工业绩的最大化本身就是企业效益最大化的基础，领导者必须把握激励的及时原则，使员工业绩最大化。在员工有良好的表现时，就应该尽快给予奖励。不要等到发年终奖金时，才打算犒赏员工。等待的时间越长，奖励的效果越可能打折扣。团队领导者应该明白的是，激励员工，受益的不仅仅是员工，企业从中受益更多。

创造良好的工作氛围

尽管可能有些企业的领导者听不到，但是员工之间或者员工与他的朋友之间一定会有这样的谈论："我们领导高瞻远瞩，总是比同业多看到好几步棋，能加入他的团队我感到很自豪"，"我们领导事必躬亲，下属凡事都要请示、汇报，工作效率低，员工士气低落"，"我们头儿给我们分配任务时，常常让我们感到无所适从"，等等。他们议论的不是领导，其实是他们所在公司的工作氛围。

工作氛围是一个看不见、摸不到的东西，但我们可以确定的是，令人愉快的工作氛围是高效率工作的一个很重要的影响因素。快乐愉悦的气氛对提高员工工作的积极性来说有着不可忽视的作用。如果工作的每一天都要身处毫无生气、气氛压抑的工作环境之中，那么员工怎么可能会积极地投入到工作中呢？

任何人都喜欢在轻松、愉快的环境中工作。孟子曰："天时不如地利，地利不如人和。"人和，即良好的人际关系和工作氛围。可以这样讲，良好的工作氛围，既是一种条件，也是一种待遇。没有这个条件，人才不来；没有这种待遇，人才也不来。一家大型的网络公司合并到新公司后，引起了业界人士的关注。然而，在这家著名的网络公司工作的一位中层经理出人意料地说了这样的话："我们最关心的是在进入新公司后，是否能有原来的工作氛围。"当员工将要进入新公司的时候，关心的不是待遇、职位，而是工作氛围。可见，工作氛围对于现代从业者来说是多么重要的事情。

员工看重工作氛围，是经济发展的一个显著进步。以往，人们工作注重的是职位升迁、工资调整、住房分配、职称评定……但当人们生活水平提高、个人知识积累进步后，从业者便不再过多关注身外之物，反过来关心自己的感觉、人与人之间的关系、团队的配合度、理念的契合度、工作的氛围了。这是员工越来越注重内心感受的表现。和谐的工作氛围是金不换的东西——工资再高、地位再高，如果内心不愉悦，又有何益呢？是否具有和谐的工作氛围，成为很多人才选择企业的一个重要衡量标准。

研究表明，领导者的不同领导艺术会营造出不同的工作气氛，而工作氛围又最终会影响到组织的绩效。有统计数字显示，影响组织成功主要有四个关键因素，即个人素质、职位素质要求、管理风格、工作气氛。其中，工作气氛对组织绩效的影响程度高达35%。可见，建立良好的工作氛围是成功领导者的一种必备能力。其实，建立良好的工作氛围，也是对员工精神需求的满足，更是成功企业的内在必然要求。因为工作氛围的好坏直接影响着员工的工作效率。

张君，生性开朗、活泼，喜欢和人交流，不愿意受约束。他从事的是技术开发工作，刚到公司的头一天，他发现部门气氛比较严肃，大家都坐在自己的位置上一言不发，闷头搞自己的事情，也很少有人走动。他觉得很不习惯，尽管工作环境很安静，但他的内心似乎有千军万马，焦躁不安，工作效率很低，以前一天能完成的工作如今需要两天。这也从一个方面说明了工作氛围对工作绩效的影响。

因此，领导者应该注意适当调整自己的带队风格，创建出良好的工作氛围。良好的工作氛围是自由、真诚和平等的工作氛围，是员工在对自身工作满意的基础上，与同事、上司之间关系相处融洽，互相认可，有集体认同感，能充分发挥团队合作精神，共同达成工作目标、在工作中共同实现人生价值的氛围。在这种氛围里，每个员工在得到他人认可的同时，都能积极地贡献自己的力量，并且全身心地朝着同一个方向努力，在工作中能够随时灵活方便地调整工作方式，使员工有更高的效率。领导者应该掌握创造良好工作氛围的技巧，并将其运用于自己的工作中，还应能识别出那些没有效率或导致效率低下的行为，有效地对其进行变革，从而高效、轻松地获得创造性的工作成果。

再平易近人，也要保持距离

管理者一定要将“人性化”和“人情化”分开。我们先看一个小故事。

两只困倦的刺猬，由于寒冷想拥在一起取暖。可因为各自身上都长着刺，太近了就会刺伤对方，于是它们离了一段距离，但很快又冷得受不了，于是又凑到一起。几经折腾，两只刺猬终于找到了一个合适的距离：既能互相温暖对方又不至于被扎。

这个故事给我们一个启示，也就是人际交往中的心理距离效应。管理者要把工作搞好，与下属之间保持融洽的关系必不可少，但同时也一定要注意与下属保持距离，免得伤到对方。做管理者的，在对待下属的时候既要善于放下架子，也要能时刻端起架子。放下架子，是要走到下属中去，和他们打成一片，在生活中关照他们；端起架子，是管理者要拉下脸，用威严的面孔示人。

道理说起来永远都是简单的，但在实际生活中，尤其是在中国这个人情社会中，这条规则实践起来难度就大了很多。很多管理者往往是放下架子后就再也端不起来，还有一部分管理者是端起来了就再也放不下，真正能两者兼得的，少之又少。有些管理者认为，越平易近人，越和下属打成一片，甚至称兄道弟，沟通起来就越顺畅。其实这种想法是错误的。有距离才能产生美，尤其是在管理者和下属之间，保持适度的距离比没有要好得多。

作为管理者，即使再民主，再平易近人，也需要保持一定的威严。而当众与下属称兄道弟，甚至与下属发展成哥们一样的私人关系，只能降低管理者的威信。为什么这么说呢？道理也不难理解。如果管理者和下属之间的关系已经不再是单纯的上下级关系，还成了哥们，那么问题就会有一大堆。

管理者总不可能让所有的下属都成为自己的哥们，也就是说，如果管理者开始和一些员工发展私人关系，那么对待其他的员工的态度势必会不一样。就算管理者能一样对待，但员工的感受也是不一样的。那么这个部门就会产生势力对立，这种情况还不够管理者挠头吗？

再比如说，假如管理者成功地和几位下属做了哥们，当其中一个哥们犯错误的时候，管理者应该如何处理？也许管理者会说："诸葛亮都能挥泪斩马谡，我为什么不能做到挥泪斩兄弟呢？"好，就算你斩了，员工也被镇住了，你自己会心安理得吗？另外的几个哥们又会怎么想？

还有一个很大的可能性是，管理者满腔赤诚，想交几个肝胆相照的好朋友，但下属却未必这么想。下属和管理者称兄道弟地套近乎，也许是带着强烈的目的性的，管理者做不到他就有意见，他还会带头煽动其他员工造反，这岂不是更棘手？这就是人情社会的毛病，事实上，太多的家族企业做不大，也是因为私人关系让很多问题无法处理。

所以，管理者一定要牢记一点，那就是人性化管理不等于人情化管理。管理者和下属之间可以是事业上的伙伴、工作中的朋友，但就是不能成为私交甚笃的哥们。

在谈到这一点时，联想集团董事长兼CEO杨元庆说："我怕距离太近影响了公正。我们需要有一个非常公正的环境，我要组织好团队，就必须做到公正、公平、公开，上上下下都是业绩和能力导向。上去的人一定有最好的业绩，绝不是凭和我的个人关系。我的确讲义气，但是我不会和手下做酒肉朋友，不能太做那些哥们义气的东西，不能天天去喝酒，天天在一起吃饭。作为一个领导，我要从内心体贴下属，想着下属，顾着下属，帮他解决实际问题，不仅是工作上的问题，还包括生活上的问题。"

无论怎么说，管理者和下属之间都存在着工作等级的差别，眼光、视角都不可能一样，扮演的角色更是截然不同。管理者最不讨好的事情就是纠正下属的行为，尤其是在下属的工作进展不顺利的时候。如果管理者一边要当下属的好朋友，一边又要做好管理者，只会是吃力不讨好。下属会对这种两面派行径怀有不满，老板大概也会责备管理者不会与同事相处，使公司里人心涣散。

目标太大，员工就会失去热情

每个企业都有自己的目标，在带领团队的时候一定要注意分割目标，把大目标分解成一个个可以在短期内实现的、能看得到的小目标，通过一个个小目标的实现来最终实现大目标。目标太大的话，大家容易迷惘，找不到方向，慢慢地会失去工作的热情和欲望。

约翰是销售部门的领导者，他一直都希望自己的部门成为全公司业绩最好的部门。但是一开始时，这只不过是他的一个愿望，从没真正地去争取过。直到有一天，他想起了一句话："如果让愿望更加明确，就会有实现的一天。"

于是，当晚他就开始设定自己理想的部门总业绩，然后分解到各个下属头上，这个提高5%，那个提高10%，最后业绩居然提高了20%。这激发了约翰的热情。从此，他要求下属不论碰到什么状况，都要设定一个明确的数字作为目标，并在一两个月内完成。

"我觉得，目标越是明确，越能坚定自己对达成目标的强烈自信与决心。"约翰说，他的计划里包括部门的总业绩、每个人的总业绩、部门业务能力的拓展计划，然后，他把需要的资源都准备得十分充分，相关的行业知识加上多方面的努力积累，终于在该年的年终使部门的业绩创造了空前的纪录，此后的年份效果更佳。

约翰在部门总结会上分享自己得出的结论："以前，我不是不曾考虑过要提升业绩，但因为我从来只是想想而已，不曾付诸行动，所有的愿望当然都落空了。自从我设立了明确的目标，以及为了切实实现目标而设定具体的数字和期限后，我才真正感觉到，强大的推动力正在鞭策我去达成它。现在，感谢你们，我们一起创造了新的辉煌。”

分割目标并实行目标管理，目标卡是一个相当有效、方便的工具。各员工与直属领导者在经过多次协调与讨论制订出目标后，必须将此目标书面化。实施目标管理的部门，通常都采用统一规定的目标卡。虽然各部门之间目标卡的内容与格式未必相同，但若有了统一的表格，就可避免遗漏，使整个部门各成员的目标设定程序趋于一致，并有利于相关目标成果的汇编统计。表格化以后，还可以减少文字说明及重复记载，达到简化文书作业的效果。

目标卡类似上级和员工之间决心达成共同目标所订立的“契约”。既然是契约，就必须严谨。把这个严谨性表现在文书上，便是“目标卡”。目标卡等于是“证据文件”。因为是证据文件，所以重要项目不可以遗漏。

目标卡应和其他人力资源资料一起，同时被列为永久保存的资料档案。目标卡要做两份，领导者和员工各执一份，正本由员工存查，副本交领导者保管。员工和上级的目标卡，需要逐期保存下来，以便留下有价值的记录文件。这是员工曾挑战过什么工作、曾取得什么成果的事实依据。

各部门间的目标卡，其设计均不相同，但每个部门的目标卡形式应统一规定，有利于管理。无论目标卡形式如何，其内容应包括：

项目：按轻重缓急来排列顺序先后，并依次填写。

预计成果：用具体的文字写出。

进度：填写执行期间每个月的进度，尽可能用数字表示。

措施：为达成目标采取的各种措施，由执行人员协商决定后，具体地逐项列出。

所需条件：为达成目标所需的领导者支援或其他部门的配合事项。

成果：在期末填记实际成果，以利于对照评定。

自我评估：期末要对自定的目标进行自我评定，这是目标管理不可或缺的一项。

领导者指导：总评与指示。除员工自行评定、评估外，领导者也要加以点评，作为设定下期目标的主要参考。

提升管理效率从加强合作开始

成功不是一个人单打独斗可以实现的，需要更多地依靠团队的力量来实现。但就算知道团队合作的重要性，却未必知道真正的团队合作应该是怎样的。

推诿扯皮是建立团队的天敌。团队管理的好坏，最关键的指标就是团队的整体协调配合能力。整体协调能力的高低，与团队成员的水平和素质有关。在那些团队成员素质不高的企业里，一旦出现了问题，每个人都开始推卸责任，从别人身上找原因，努力证明别人怎么做得不好。企业组织由此而产生各种各样的矛盾。

推诿扯皮是不敢承担责任的表现，是一种负能量。无论是组织或者个人，如果具备强烈的责任感，一定会目标明确、生气勃勃，面对任何艰难困苦的挑战绝不犹豫退缩。相反，如果失去了责任感，则会遇事推诿，消极懈怠，不敢决策，任凭组织滑行到错误的深渊。

今天，更多人对沃尔玛感到熟悉，而逐渐忘却了凯马特。其实，直到20世纪90年代，凯马特一直是美国最大的零售商之一。凯马特的失败，就是团队成员在问题面前推诿的典型例证。关于凯马特的失败，有一则故事广为流传。

在某一年的年度总结会上，一位高级经理向坐在他身边的上司请示如何改正和弥补自己在工作中的一个失误。这位上司不知道该如何回答，便向他的上级请示。他对上级说："我不知道该怎么办，我需要听从您的指示。"而这一位上级也怕承担责任，便又转过身来向他的上司请示。据传，就这样一个小问题，后来一直推到了公司总裁那里。

凯马特总裁后来回忆说："真是不可思议，居然没有人愿意为这个小事情承担责任，而宁愿将问题一直推到我这里。”凯马特为什么会陨落，由此可见端倪。

推诿扯皮是一种不良风气，是影响企业健康的毒瘤。团队领导者需要致力于创造一种企业文化，使成员既能有勇于承担风险的自信，又能理解并执行上级领导者制定的战略方案，让成员在团队中释放自己最大的潜能。

著名企业西安杨森就十分重视团队合作，十分注意培养员工的“雁阵意识”。任何一个销售区域、办事处或产品小组都是一个团队。公司在工作、活动、绩效考核和奖励方面，都十分注意以团队为单位，目的是使员工学会在团队中求得个人的最佳发展。总裁庄祥兴认为，“雁文化”的实质就是团队的合作精神；雁阵当中的每只雁展翅高飞时都获得了来自同伴的“向上之风”；只有团队内成员齐心协力，互相帮助，才能实现团队的目标。

但凡冲突频繁的团队，必然存在责任感不强的人。遇事不推诿、不扯皮，主动寻求解决办法的人是企业最欢迎的人。富有责任感的人最受敬重。

在拿破仑征战期间，一个士兵为了能够把信送给拿破仑，连着三天三夜滴水未沾。敌人设有重重关卡，为了尽快将信送到，他不曾休息过一秒钟，并且在冲破敌人的围追堵截时，左臂还受了伤。当他赶到拿破仑面前时，由于劳累过度，一下子晕倒在地，而那匹战马也一命呜呼。

拿破仑看了信后，起草了一封回信交给他，并吩咐他骑自己的马，快速把信送回。这名士兵拒绝了拿破仑的好意，说：“我只是一个普通的士兵，我不配骑元帅的战马。”拿破仑回答说：“这个世界上没有任何一样东西是勇敢而负责的法兰西士兵所不配拥有的，我现在将这匹战马赠送给你。”士兵大为感动，翻身一跃，奔驰而去。

提升管理效率需要从加强合作开始。我国著名科学家王选曾说：“美籍华人有个说法：日本人是围棋作风，讲究团队作战。比如松下当初把彩电倾销到美国时，联合了几家企业共同决定在美国用成本价销售来占领市场。美国人喜欢桥牌作风，经常两家联合。比如英特尔和惠普，两个200多亿美元的大公司能够在下一代的CPU芯片上紧密合作。而有些中国人喜欢孤军作战，像打麻将一样，看着上家，防着下家，盯着对家，自己和不了，也不让别人和。”

而加强合作、减少团队内部矛盾需要从管理层减少扯皮开始。一个处处扯皮的团队是不可能富有合作精神的。为了避免部门间、员工间的扯皮现象对工作造成的影响，除了不断完善企业内部的组织结构、明确职责之外，更重要的是要培养员工的责任意识，强化团队成员的责任心，做到事有人管，减少踢皮球的现象，快速、高效地完成公司布置的工作。

把工作态度纳入考核

很多成功的企业家都非常重视员工的工作态度，NTL公司总裁罗伯特·威尔兹说过：“在公司里，员工与员工之间在竞争智慧和能力的同时，也在竞争态度。一个人的态度直接决定了他的行为，决定了他对待工作是尽心尽力还是敷衍了事，是安于现状还是积极进取。”

通用电气前CEO杰克·韦尔奇说过：“在工作中，每个人都应该发挥自己最大的潜能，努力地工作而不是浪费时间寻找借口。要知道，公司安排你这个职位，是为了解决问题，而不是听你关于困难的长篇累牍的分析。”

微软公司董事长比尔·盖茨也说过：“如果只把工作当成一件差事，或者只将目光停留在工作本身，那么即使是从事你最喜欢的工作，你依然无法长久地保持对工作的激情。但如果把工作当成一项事业来看待，情况就会完全不同。”

企业不能容忍缺乏干劲、缺乏工作热情的员工存在。关于工作态度这一点，日本经济界泰斗土光敏夫有着独到的见解。根据他长年从事的经营管理经验，他深刻地体会到：“人们能力的高低强弱之差固然是不能否定的，但这绝不是人们工作好坏的关键，工作好坏的关键在于他有没有干好工作的强烈欲望。”

有这样一个故事：美西战争发生后，美国必须马上跟古巴的起义军首领加西亚将军取得联系，但是没有人知道加西亚将军所在的确切地点，所以无法写信或打电话给他。就在美国人不知道该如何是好的时候，有人对美国总统说：“我知道有一个叫罗文的人，他有办法找到加西亚，也只有他才能找到加西亚。”

于是，万般无奈下他们把罗文找来，把写给加西亚的信交给了他。那个叫罗文的人拿了信，把它装在一个油布制的口袋里，封好，挂在胸口，然后划着一艘小船就去找加西亚了。经过很多艰难险阻，4天之后的一个夜里，罗文在古巴上岸，消失在了丛林中。接下来的3个星期他又遇到了很多问题，但是凭借着坚定的信念和敬业精神，他终于冲破重重危险，从丛林另一边走了出来，又徒步走过危机四伏的国家，把那封信交到了加西亚手里。

罗文送的不只是一封信，这封信关系到美国的命运，牵扯到整个民族的希望。罗文的传奇故事之所以在全世界广为流传，主要在于它倡导了一种伟大的精神、人性中光辉的一面，即忠诚、勤奋、敬业。

罗文的勤奋、忠诚、敬业精神也是一种工作态度。有一位著名的管理学者总结出这样一个公式：一个人的工作绩效=工作态度×工作能力。公司既然招聘了你，那说明你是有能力的，所以在这个公式里工作能力是恒大于零的。至于工作态度，我们可以把它分为积极、消极、负面三种，在这个公式中我们可以分别把它定义成不同的值，积极的态度是大于零、消极的态度为等于零、负面的态度小于零。把这些值套进上述公式，就很容易发现工作的态度与一个人的工作绩效的紧密联系。

我们常说“态度决定一切”，如果一个人的工作态度不端正，不会自我反省，缺乏责任心，那么他无论如何也不会成功。个人的成功需要全心全意的敬业精神，企业发展也需要有敬业精神的员工。所以，在带团队时，把工作态度纳入考核之中是非常必要的。

团队利益永远大于个体利益

员工的价值观与团队的价值观是否相同，在很大程度上影响了团队的战斗力。德鲁克说：想要在企业内取得成就，个人的价值观必须与企业的价值观兼容。德鲁克认为，相互兼容的价值观是企业获得高效执行力的认知基础。世界上大多数成功的企业，除了物质技术设备优越之外，更重要的是员工个人的价值观与企业价值观兼容。共同的价值观能够促进组织全体成员在对企业、战略、任务和执行的认识趋于一致，从而提高企业的战斗力。

在日本市场上站稳脚跟之后，京瓷创始人稻盛和夫希望公司走向海外市场，第一步是开辟美国市场。1962年，稻盛独自一人飞往美国，由于语言不通，也没有志同道合的代理人，结果无功而返。

1963年，原来在松下工业任贸易部长的上西阿沙进入京瓷。上西出生在加拿大，他在松下时充分利用了自己的语言优势，一直从事与国外的贸易往来。上西比稻盛年长12岁，对外贸易经验极其丰富，正是京瓷急需的人才。

上西刚加入时，稻盛如获至宝，每天一到傍晚，稻盛就跟上西促膝长谈，竭力想使他的思想与公司一致。而上西自恃是精通贸易的专家，心高气傲，无法马上接受稻盛的想法和领导。

稻盛希望上西马上开辟海外市场，而上西认为要想开展对外贸易，做市场调查的时间就得有1年左右。稻盛却不允许这样按部就班、慢吞吞的做法。稻盛的过度执着和上西的循序渐进产生了矛盾，二人在许多业务问题上各不相让，经常闹得不欢而散。

稻盛本来打算把经验丰富的上西当作自己的左右手，协助自己扩大海外市场，而现在却为上西不能理解自己的意图而满怀怒气。这时候，稻盛深切地感受到再丰富的贸易经验、再优秀的人才，不能同心协力的话就没法产生战斗力。他觉得自己无法与上西共事，决定解雇上西。

上西的养父听说这个消息后十分着急，跑到稻盛家中苦苦哀求，因为上西过于自负，就算在其他公司也无法待下去。稻盛决定再和上西交谈一次。他把自己能想到的对生活、工作的态度，思考问题的方式等一一提出，向上西追问到底，想借此改变上西的想法。稻盛恳切的肺腑之言，终于使上西和他心心相通了。

在上西的协助下，京瓷很快就在美国的高科技产业的圣地——硅谷，建立起了海外兵团，成为日本企业打入硅谷的先驱。

作为一个企业，如果员工各有打算、努力方向不一致的话，就会缺少合作力，影响企业发展。只有全体员工同心同德、齐心协力才能带来最大效益。

共同的价值观、目标是一个优秀团队必不可少的。团队领导者必须让每一个员工明白团队利益永远大于个体利益，个体利益永远服从团队利益。

因此，在带领团队时，考核价值观应该是领导者的第一要务。个人价值观与团队价值观相融，这是形成气场合力的基础，在此之后才能谈论其他。如果成员的价值观与团队的价值观不同，就要立即送走，千万不要留用。

沟通不到位，努力全白费

在一个群体中，要使每一个群体成员在共同的目标下协调一致地努力工作，绝对离不开沟通。沟通，是人类活动和管理行为中最重要的事情之一。因此，组织成员之间良好有效的沟通是管理艺术的精髓。

杰克·韦尔奇被誉为“20 世纪最伟大的企业领导人”之一，在他上任之初，通用电气内部等级制度森严，结构臃肿。韦尔奇通过大刀阔斧的改革，在公司内部引入了非正式沟通的管理理念。对此，韦尔奇说：“管理就是沟通、沟通，再沟通。”

通用电器最成功的地方，是杰克·韦尔奇在公司内部建立起来的非正式沟通的企业文化。通过这种非正式沟通，韦尔奇不失时机地让人感到他的存在。使公司变得“非正式”，意味着打破发布命令的链条，促进不同层次之间的交流，改革付酬的方法，让雇员们觉得他们是在为一个几乎与人人都相知甚深的老板工作，而不是为了一个庞大的公司。

韦尔奇比他人更知晓“意外”两字的价值。每个星期，他都会出其不意地造访某些工厂和办公室。临时安排与下属经理人员共进午餐。工作人员还会从传真机上找到韦尔奇手书的便笺，上面是他遒劲有力又干净利落的字体。所有这些的用意都在于领导、引导和影响一个机构庞大、运行复杂的公司。韦尔奇最擅长的非正式沟通方式就是提起笔来写便笺，目的就是为了鼓励、激发和要求员工行动。韦尔奇通过便笺表示他对员工的关怀，使员工感到他们之间已从单纯的上级与下级的关系升华为人与人之间的关系。

一位通用电气的经理曾这样生动地描述韦尔奇：“他会追着你满屋子团团转，不断地和你争论，反对你的想法。而你必须要不断地反击，直到说服他同意你的思路为止。而这时，你可以确信这件事你一定能成功。”这就是沟通的价值。

韦尔奇曾说：“我们希望人们勇于表达反对的意见，呈现出所有的事实面，并尊重不同的观点。这是我们化解矛盾的方法。”“良好的沟通就是让每个人对事实都有相同的意见，进而能够为他们的组织制订计划。真实的沟通是一种态度与环境，它是所有过程中最具互动性的，其目的在于创造一致性。”沟通就是为了达成共识，而现实沟通的前提就是让所有人一起面对现实。

沟通是企业组织中的生命线，就好像一个组织生命体中的血管一样，贯穿全身每一个部位、每一个环节，能够促进血液循环，提供补充各种各样的养分，形成生命的有机体。沟通还是企业创新进步的肥沃土壤，许多新的管理理念、技术的出台，无不是经过无数次沟通、碰撞的结果。沟通更是团队效率和业绩的保障，交流沟通不到位，努力全白费，在大家朝着目标迈进时要充分沟通，这样才会少走弯路，在最短的时间内有效地完成任务。

提拔得当，冷落有度

“天将降大任于斯人也，必先苦其心志，劳其筋骨，饿其体肤，空乏其身，行拂乱其所为，所以动心忍性，增益其所不能。”用现在的话讲，就是想提拔就得先坐冷板凳。明朝大学士张居正也用“器必试而后知其利钝，马必驾而后知其驽良”来说明人应该“试之以事，任之以事”。要考察人的能、勤、绩，应以业绩为主。如果升迁太快，则无从考察。

在公司内部，老板有着至高无上的权力，他欣赏的部下可以直接提拔到非常重要的岗位。但聪明的老板一般不会这样做，因为人才的成长是需要经历风雨洗礼、挫折锤炼的。

曾有一位老板，看准了一个很有潜质的员工，于是派他到销售科工作。不久后提拔他为科长，让他分管一摊工作。员工表现得非常出色，销售业绩逐月上升，老板嘉奖过他，公司上下的人都看好他，没有人怀疑他会升职。但是老板居然把他调到了无关紧要的仓储部门工作。

其他人认为他可能得罪了老板。可是，这位员工没有分辩什么，他自己也猜不出老板的意图，心中虽有些不快，但仍然任劳任怨地工作，很负责任。老板有时也和他谈谈工作情况。1年后，这个小伙子坐到了部门经理的位置。后来人们才明白，老板想重用他，也一直在观察考验他，想看看他在被冷落时候的行为表现。

事实上，如果没有足够的积累知识和经验的时间，升迁太快恰恰不利于人才的锻炼和成长。一般来说，一个好的管理人才能够踏踏实实地在各个部门工作，有丰富的工作经验，有协调沟通的熟练技巧，有处理应付各种复杂问题的知识与能力。

如果不具备充分的能力而晋升太快的话，难免会顾此失彼，不利于人才成长。同时，被大家认为上级特别厚爱的人，也容易招致嫉妒、不满。不管这种心理不平衡存在的多少，但总会影响大家的士气，影响工作的正常进行。

暂时冷落他一段时间，可以考察员工的德行、韧性。看他有没有事业心、责任心，是不是有心当官，无心干事。看他是否一个台阶还没有站稳就想往上爬，有没有平淡之心，是否急功近利。歌德曾说过这样一段话："只有两条路可以通往远大的目标，得以完成伟大的事业，即力量与坚忍。力量只属于少数得天独厚的人，但是苦修的坚忍，却艰涩而持久，能为最微小的人所有。"

作为领导，要悉察下属在受冷落时承受挫折的能力有多大，干劲如何，是想跳槽还是认识到自己非奋发图强不可。"有时想想，这实在是最糟的时候。到底要不要离开公司呢？但是，一旦辞了职，又无处可去。我真怀疑人生还有什么值得努力的事。"如果他是这种心态的话说明他经不起挫折，常常是稍受挫折，便锐气全消、垂头丧气，也不善于总结经验教训，不善于思考与学习，也缺乏好谋而成的耐性和修养。给团队领导者的忠告是：提拔人悠着点，冷落人也要有个度。

第五章 浇树要浇根，带人要带心

以心换心，以情动情

在带领团队时，感情是团队成员间建立良好合作关系的润滑剂。聪明的团队领导者，都十分注重感情投资。关于感情投资，必须有一个正确的认识。应该是自觉地、一贯地，不能只做表面文章，只有三分钟热度。以情动人贵在真诚持久。“路遥知马力，日久见人心”，感情投资需要较长的时间才能结出果实，因为人与人之间的理解与信任需要一个过程。如果领导者能长期注重感情投资，对其带领团队将会大有裨益。

人是感情动物，赢得人心就能赢得追随者。感情作为联系人际关系不可缺少的纽带，存在于领导者与下属之间，这种感情是互相影响的。想得到下属的理解、尊重、信任和支持，首先应懂得怎样理解、信任、关心和爱护他们。有投入才会有产出，有耕耘才会有收获。不行春风，哪得春雨？所以，作为一名团队领导人，一定要重视对下属以心换心、以情动情。

对下属以心换心、以情动情之所以必要，是因为人人都有这种需要。马斯洛的需求层次理论认为，人都希望别人尊敬和重视自己、关心体贴自己、理解信任自己。这种需要，是属于心理和精神上的，比生理和物质上的需要更高级。物质只能给人饱暖，精神才能给人以力量。“士为知己者死”，如果领导者能够对下属平等相待，从思想上理解他们，从生活上关心和爱护他们，在工作上信任和支持他们，使他们的精神得到满足，他们就会焕发出高昂的热情，奉献出无私的力量，就能把工作做得更好。

1960年，京瓷的工人还只是拿工资，他们与京瓷的十几个创业者不同，创业者在公司有股份，可以参与公司的分红，而他们则是纯粹的打工仔。但在工作任务上，稻盛和夫总是让他们拼命工作到深夜，稍有停滞或失败，稻盛就会毫不留情地责骂。久而久之，工人们怨声载道，日积月累的不满情绪终于发展成抗争，11名员工突然向稻盛递交抗议书，并向公司提出减时、加薪、增发奖金等要求，否则将集体辞职。

当时，稻盛和夫有两种选择：一是先答应加薪要求，留下骨干，再各个击破；一是让他们走人，但公司会因此受到极大的伤害。在这种情况下，稻盛和夫没有乱了方寸，他对大家说："要公司保证你们将来的薪水，我不能保证。在录用你们时，我曾经说过，公司刚刚成立，让我们共同努力。今后公司的前景如何，我也没有把握，拿不清楚的东西向你们保证，那是骗人的。"但是，他又接着说：虽然不能保证，但以后我一定会为大家的利益努力。

稻盛和夫的说服工作一直进行了三天三夜，他没有空许愿，而是讲道理，终于使大多数员工回心转意，但还有一个人坚持，说大丈夫一言既出，驷马难追，说过辞职就不能反悔。稻盛和夫说：我要是骗你的话你可以拿匕首来刺我，我已经做好了剖腹的准备，想要和我决斗也可以。老板的话，落地有声，终于感动了员工，他们纷纷收回了自己的辞呈。

通过这次事件，稻盛和夫反思了自身的观念。以前他忽视了员工，把员工当成了生产产品的工具和机器。正确的认识应是：当自己招进一个员工时，就意味着承担了他甚至他家人一生的经济保障和身心幸福。经过反思之后，稻盛和夫把京瓷的经营理念确定为：在追求全体员工物质和身心两方面都幸福的同时，为人类的发展作出贡献。稻盛和夫也因此而建立了自己的经营哲学——心灵经营。

何谓"心灵经营"？稻盛和夫解释："是'以心为本'的经营。换句话说，我的经营就是围绕着'怎样在企业内建立一种牢固的、相互信任的人与人之间关系'这么一个中心点进行的。"作为心灵经营的直接实践者，稻盛和夫开展了企业内部的联谊活动。活动以聚餐会形式每年举办2—4次，有重大庆贺项目时则另有增加。联谊会上，领导与员工相互斟酒，互诉心声。每次，稻盛和夫总是持杯走到大家中间，向大家询问工作情况、工作中存在的问题，并坦诚地说出自己的看法，努力帮大家找到解决问题的方法。同时，联谊会也可以谈家事、谈人生。员工在平等和友爱的氛围中得到了关怀和感化，也能化解同事间存在的某些矛盾。

心灵经营的关键是如何对待员工。稻盛和夫把全体员工视为同志和合作伙伴，让所有的员工都分到了京瓷股份。曾经有两次，他把自己所得的价值上亿日元的股票，无偿赠送给了某些持股少的工人。员工们非常感动，他们发自内心将公司当成家，京瓷因此而获得巨大的凝聚力。

注重对情感的经营，以情感树立权威，在中国历史上并不鲜见。许多古代政治家都善于以心换心、以情动情。刘邦的“信而爱人”，唐太宗的“以诚信御天下”，都是颇为动人的领导行为。每个人都需要别人，特别是领导者的同情、尊重、理解和信任。如果领导者能够注意这一点并身体力行，那么组织就会出现和谐、融洽的气氛，内耗就会减少，凝聚力和向心力就会大大增强。团队领导者如若注重感情投资，必将赢得员工的诚挚信服。

用感情打动员工，得到的回报更多

人不仅仅围绕着物质利益生活，每个人都有精神需求，有互相交流感情的需要。精神激励是从员工的精神需求出发，通过关心、尊重、信任、树立目标等手段去满足员工各种精神上的需求，从而激发员工的工作热情，达到激励的效果。对于绝大多数人来说，投桃报李是人之常情，领导者用感情来打动员工，得到的回报就更强烈、更深沉、更长久，往往能得到金钱所不能达到的效果。

法国企业界有句名言：“爱你的员工吧！他会百倍地爱你的企业。”索尼公司董事长盛田昭夫也说：“一个日本公司最主要的使命是培养它同雇员之间的关系，在公司创造一种家庭式情感，即经理人员和所有雇员同甘苦、共命运的情感。”日本著名企业家岛川三部曾自豪地说：“我经营管理的最大本领就是把工作家庭化和娱乐化。”《日本工业的秘密》

一书中，作者在总结日本企业高效益的原因时也指出："日本的企业仿佛就是一个大家庭，甚至是一个娱乐场所。日本企业追求的就是这样一种境界。"精神激励法，是让员工有一种生死相许的"软投资"，领导者要在一点一滴中体现关爱，让员工因为满足而产生报恩的心。

有位老板接到一单任务相当重的业务，客户要求必须在半天内把一批货搬到码头上去，而老板只有十几个伙计，半天之内很难完成。为了解决这个问题，老板苦思冥想了一夜。第二天一早，他亲自下厨做饭。饭做好后，老板把饭给伙计盛好，而且还亲手捧到他们每人的面前。把饭给每个伙计时，老板脸上都摆出一副极有深意的表情。一个姓刘的伙计率先接过了饭碗，拿起筷子正要往嘴里扒时，一股诱人的香味儿扑鼻而来。他急忙用筷子戳开一个小眼儿，发现竟然有3块油光发亮的红烧肉躺在米饭下面。他终于明白了老板看自己时那意味深长的表情，于是立即转过身，狼吞虎咽地吃起来。他一边吃一边想："老板真是看得起我，今天我一定要多出点力！"于是，那天干活的时候他一改往日的懒散，把货装得满满的，一趟又一趟地来回飞奔，汗如雨下也顾不得擦。整个上午，其他伙计也都和他一样卖力，所以原本需要一天的活，只一个上午就干完了。老板在旁边偷偷乐了起来。

老板为什么要单独在每个人碗底放红烧肉，而不是端在桌子上让大家一起分享呢？红烧肉单独放在每个人碗底与放在桌上大家共享的作用，究竟哪个会更大一些呢？很显然，故事中的老板这么做是意在激励每一个人，而那位老板的做法妙处在于他让每个员工都感到这份激励只是针对自己。如果这碗红烧肉放在桌子上让大家去夹着吃，那大家也就不会如此感激老板了。从正面想一想，老板的这种精明其实也是一种很用心的激励手法。对于管理人员来说，怎样让大家吃红烧肉而且吃得有劲头，是个永恒且常新的话题。

作为员工，每个人都渴望得到精神激励，在获得有效激励的时候，他们都会因为这种激励而产生自豪感、成就感。从表面上看，老板给了所有员工3块红烧肉作为物质激励，但是事实上，老板给予员工的是精神上的激励。这种激励使员工意识到自己“与众不同”，为了感激老板的高看，他们自然会认真卖命、愿意“士为知己者死”了。

作为领导者，你要用良好的工作环境传达关爱之情，有亲自为员工端茶倒水的行动，抓住给员工雪中送炭的时机，了解员工的真正生活。要知道，无形的精神激励更能体现出领导者的能力和管理水平。

将“仁慈”之心交给下属

管理企业的本质在于管理人，因为人主导着企业的发展。管理人的核心在于对人心的经营。一个人心向齐的企业具有无限能量，而人心涣散的企业最终难逃失败的命运。

阿里巴巴董事局主席马云在其创业历程中尤为重视对人心的经营。马云信奉的管理理念是“得人心者得天下”“治人先治心”。阿里巴巴收购雅虎中国，是对马云领导才能的巨大考验。当时，雅虎中国的员工对马云抱有一定的敌视态度。然而，马云却通过一次盛大的“回归”仪式，用行动化解了这些员工心中的敌视，让这些员工从心理上接受自己。同时，马云还不断加强两家企业的文化融合，加强文化治心，最终让雅虎中国的员工认同了这次并购。

当今管理学上有个“换心效应”：上级给一尺，下级还一丈。作为领导者，如果你能先将你的“仁慈”之心交给下属，下属可能会以数倍的热情和诚心回报给你。

海尔集团作为中国电子信息百强企业之首，无疑是中国民族工业成功的典范。那么，海尔集团是凭借什么走向成功的呢？海尔成功的原因有很多，但其中最为关键的一点是长久以来海尔的领导者对于员工人心的争取和利用。

走进海尔，我们在为他们快速增长的市场份额和财务业绩赞叹的同时，更被公司每一个员工的灿烂微笑所感染。海尔并非像外界传闻的那样，除了严格的管理外没有一点人性化的关爱。“海尔人就是要造爱心，创造感动”，在海尔，每时每刻都在产生感动。

在新员工军训时，人力中心的领导会把他们的水杯一个个盛满酸梅汤，让新员工一休息就能喝到；海尔集团的副总专门从外地赶回来，目的就是为了和新员工共度中秋；集团首席执行官张瑞敏也特意在百忙之中抽出时间和新员工共聚一堂，沟通交流。

1991年底，海尔冰箱一厂的女工于桂香身患重病，公司领导十分关注她的病情，集团副总派人把她的CT检查片从医院借出，先后请了数名专家教授会诊。经过第二次检查，丁桂香最后被确诊为肝脓肿，有了生的希望。更令人感动的是，在于桂香做手术时，公司的几位领导在病房外站了6个多小时，直到手术结束。

正是由于这种对“人心”的重视，海尔才建立起了一种“用爱心创造感动”的企业文化，这种企业文化充分调动了员工的积极性，维系了员工对企业的绝对忠诚。

在团队管理中，人心是一笔无形的财产，是一笔永远不可忽视的巨大财富。人是最大的生产力，任何领导者都需要把经营人心放在打造企业文化的高度上来实施。有远见的领导者明白上下合力才能所向披靡，需要征服人心。

关注精神需求，使人奋发向上

给员工以精神激励，他们就有追求成功的欲望。精神激励是从员工的精神需求出发，通过关心、尊重、信任、树立目标等手段去满足员工各种精神上的需求，从而激发员工的工作热情，达到激励的效果。

比尔·盖茨很看重对员工进行精神奖励。虽然在有些讨论会上他会像孩子一样大喊大叫，不停地晃动身体、挥舞手臂，甚至会说："这是我听到的最愚蠢的事情！"但是微软员工都知道，对付他的最好办法是向他吼回去，针尖对麦芒似的争论往往能激发双方的思路，说不定他最后会露出欣赏和赞许的笑容。对真正的好创意和产品，比尔·盖茨从不吝啬自己的赞美之词，整个微软公司也有一套完善的奖励制度，否则工作压力如此巨大的微软怎么会成为青年才俊们向往的地方呢？

那微软中国是怎么做的呢？在满足物质需求的同时，人们还需要满足精神需求。微软每年都会在全球的5万名员工中评选出30—40名有杰出贡献的员工，这个奖项对每一个普通员工来说都是平等的。微软中国公司相对于总部又增设了3个奖项：总裁奖，由总裁本人评选；年度杰出贡献奖，由整个管理团队选出；优秀员工奖，由所有员工无记名投票评选。每半年评一次，每次大约评出15名。微软中国的负责人说："我们增加这3个奖，是因为看到中国的员工特别在乎精神方面的奖励，这和我们的文化观念直接相关。"

令人惊讶的是，最受欢迎和最被看重的既不是总裁奖，也不是年度杰出贡献奖，而是优秀员工奖。获奖者中既有做事很公正、很关心下属的副总经理，也有做出了工作成绩又乐于无私帮助同事的一般员工。因为前两个奖纯粹看销售业绩或者其他的贡献，是大家有目共睹的，事先多少都能知道些大概；而优秀员工奖则必须要得到公司上下的一致认可，十分不容易，也很难预测，所以大家都将其视为至高无上的荣誉。

通过物质与精神奖励的双管齐下，平衡付出和回报的关系，让员工感觉到自己得到的各方面待遇都是公平的，达到起码的满意状态。而对好员工，比尔·盖茨总是真心挽留，这也让他们在同事面前获得了一份骄傲。

微软公司在阿尔伯克基时曾经雇请过一名秘书——米丽亚姆·卢宝。1978年，比尔·盖茨决定把公司迁回老家西雅图，大部分员工都随比尔·盖茨去了新址，但卢宝没有去。虽然她舍不得这个公司，但是她丈夫的工作在阿尔伯克基，她无法离开自己的家。临别时，比尔·盖茨希望她能尽快去西雅图，并且对她说："我知道你最终还会来。只要你来，我这里永远会有你的工作位置。"

1980年冬天，卢宝果然来到西雅图，又回到了微软公司。不久，她把她的家也搬来了。她眷恋微软公司，她告诉人们："只要你同比尔·盖茨密切合作过，就不可能离开他这样的人太久。他有一种力量，能使人受到鼓舞，能使人奋发向上。"她重新投入了微软公司紧张的工作环境中。

人不仅仅只围绕着物质利益生活，每个人都有精神需求，有情感上的需要。注重精神激励，往往会取得物质激励所难以达到的效果。关注精神需求，将会得到员工对团队更强烈的爱。

宽容对待恃才傲物的员工

有的下属恃才傲物，仗着自己才高，目空一切，有时甚至玩世不恭，对谁都不在乎。了解这种下属的个性特点并学会与之和谐相处，工作的开展就容易多了。

身为领导者，必须拥有一颗宽容的心——宰相肚里能撑船嘛。时刻保持冷静，以宽容的态度对待那个不把你放在眼里的下属，不仅仅是为了在他人眼中进一步树立自己成熟稳健的形象，你的做法本身对他也是一种教育。

在美国前总统富兰克林·罗斯福还是个心高气傲的年轻人的时候，他曾在海军的一个部门担任副官。他的顶头上司是一位年长而和蔼的老人，他总是对罗斯福微笑，尽管罗斯福常常对他显示出傲慢无礼，甚至骂他"老古董"，但上司对罗斯福的每一个意见几乎都仔细地考虑和研究，对其略加改动后立即采纳。这也使得罗斯福愈发自信，对工作投入了更大的热情。

两人的合作渐入佳境，老人依旧和蔼如故，罗斯福也逐渐抛弃了激进傲慢的性格，他感到有种力量在改变他，但却不知道那是什么。许多年之后，他已不再是个毛头小子，他总是不自觉地回忆起那段时光，老人的无私宽容使他时常为自己过去的行为而自责。同时，罗斯福也逐渐明白了老上司的良苦用心。

一般恃才傲物者都有三个共同特点：

第一，自以为本事大，有一种至高无上的优越感。总以为自己了不起，别人都不如自己，说话常常硬中带刺，做事我行我素，过度自信，对别人的态度则表现为不屑一顾。

第二，恃才傲物者大多自命不凡，好高骛远，眼高手低。自己做不来，别人做的又瞧不起。他们做什么事都感到浅薄，认为不值得去做。

第三，恃才傲物的人往往性格孤僻，喜欢自我欣赏，听不进也不愿听别人的意见。他们认为自己凡事都做得对，对别人则持怀疑和不信任态度。

与这样的下属相处，领导者必须采取有效的措施，才能让其心服口服。以下三种办法供大家参考：

一要有意用短，善于挫其傲气。恃才傲物者并非万事皆通、样样能干，充其量只是在某些方面或某个领域里才能出众、出类拔萃，在其他方面可能就不如别人。所以，你可以找机会，人为地给他制造一些麻烦。最好是在单独的场合，安排一两件做起来比较吃力且比较陌生的工作让他去做，并且要求限时完成任务。只有当他发现他独自一个人不可能完成所有任务的时候，他才会意识到他人的重要性。

当然，这也不必刻意地“密谋”，只需要在问题出现的时候你“无意”促成一种“巧合”，使他突然孤立无援但又不会意识到这是一个有意的安排就可以了。此时的他，在你小心的施压下，也许会认识到自己的力量简直微乎其微，对自己的能力也会有一个重新的认识。

二要用其所长，切忌压制打击。恃才傲物的人，大都怀有一技之长，否则，无本可“恃”，更无“傲”之本。领导者在与这种下属相处时，要有耐心，要视其所长而用之，绝不能采取冷处理的方法，为了压其傲气而将其撂在一边不予重用。这样做不仅不能使下属正确地认识到自己的不足之处，相反，会使其产生一种越被压越不服气的逆反心理，说不定从此便会与你结下难解之仇，工作中有意拆你台，故意让你出丑。

三要敢于承担责任，以大度容傲才。这种人干什么工作都会掉以轻心，即使再重要、再紧迫的事情，他们也会表现得漫不经心。所以，他们常常会因疏忽大意而误事。你作为上司切不可落井下石，一推了之，要勇敢站出来替部下担责任，使他感到大祸即将临头，是因为你的一言才解危。日后，他在你的面前再不会傲慢无礼，甚至会对你言听计从。

欣赏，是挖掘潜力的有效武器

带领团队，就要学会发现下属的优点，并且最大限度地激励下属发挥他们的优点。所以，一个高明的团队领导者对自己的每个下属都应该了如指掌，当他们利用长处取得进步时，应真心地为他们高兴并祝贺。

杰克·韦尔奇曾是通用电气某一个下属集团公司的主管经理，这个公司的外购成本过高一直是韦尔奇十分头痛的事情。后来，他在他的办公室里装了一台特别的电话，问题便得到了非常圆满的解决。

这部特别电话对外不公开，专供集团内每个采购代理商使用，只要某个采购人员从供应商那里得到了价格上的让步，他就可以直接给韦尔奇打电话。而且全体采购人员都确信，无论韦尔奇当时正在干什么，无论是谈一笔上百万美元的业务还是同秘书聊天，他都一定会停下手头的事情接电话，并且高兴地说：“这真是太棒了，真是天大的好消息，你竟把每吨钢材的价格压下来两角五分美元！”然后，他会马上坐下来起草给这位采购人员的祝贺信。

无独有偶，日本三得利公司的董事长信志郎是一个善于带员工的人。他的一些出人意料的处事方式常常让员工们感到十分愉快。

他会把员工一个个都叫到董事长办公室来给其发奖金。常常在员工答礼刚完毕，正要退出的时候，他会叫道："请稍等一下，这是给你母亲的礼物。"说着，他就给了员工一个红包。待员工表示感谢后又准备退出去的时候，他又会叫道："这是给你太太的礼物。"连拿了两份礼物，或者说拿到了两个意料之外的红包时，员工心里肯定是很高兴的。在鞠躬致谢后准备退出办公室的时候，接着又听到了董事长大喊："我忘了，还有一份给你孩子的礼物。"第三个意料之外的红包又递了过来。

真是不嫌麻烦，四个红包合成一个不就得了吗？可是，合在一起，员工会有意外之喜吗？信志郎真是太狡猾了，其实他并没有多花一分钱，就收买了员工的心。

当下属完成工作任务时，领导者要真心诚意地感谢他们，这可以让他们今后的工作进行得更加顺利。因为他们是可敬的，也是值得感谢的。不仅如此，在相反的情况下，总经理也应该做到包容和鼓励自己的员工。一个人因为犯了一些小错误而总是挨训的话，他的情绪一定会大受打击，信心也会在不知不觉中丧失殆尽。一旦一个人精神萎靡不振之后，就算有高超的才能也是难以发挥出来的。因此，领导者如果能以欣赏的眼光来看下属的优点，那么下属会因受人尊重而振奋，也能愉快地去完成上司交付的工作。如此，不但能激发员工的工作效率，甚至能在公司内部挖掘出优秀的人才，这对公司来说也是大幸。

有些领导者喜欢赞扬下属的优点，有些人则喜欢挑出别人的缺点，比较之下，往往是前者的工作推行得较为顺利，业绩也不会太差，而那些好挑剔下属的上司则正好相反。由此可见，唯有懂得欣赏下属、善于挖掘他们潜力的人，才能带领更多的人。

对于稳定型性格的下属，要着重培养其刚毅、有自信的精神，对其弱点则多加保护，不宜在公开场合进行指责，不宜过于严厉地批评，可以通过鼓励他们多参加集体活动来培养友爱精神，增强他们的自信心。

对于奔放型性格的下属，要着重培养他的热情和生气勃勃的精神，对其弱点的改正、帮助要有耐心，要容许他有考虑和作出反应的足够时间。

对于坚定型性格的下属，则要多培养他的自制能力和坚持到底的精神，不要轻易激怒他，可以对其进行更有说服力的批评。

对于下属的过错，如果是在经过慎重的决策和艰苦的努力之后，由于某些不能控制的因素而失败的话，即使出现大笔亏损，也不要去责备下属，而应该去安慰他、鼓励他，让他鼓足信心，迎难而上，反败为胜，将功抵过。成功的领导者往往不会拘泥于小节而忽略大事，用人亦是如此。领导者对下属的缺点应更加了解，但不可斤斤计较，重点在于发挥他们的优势，挖掘他们的潜力，这才是积极的带领团队的方法。

记住员工的名字，他会觉得被重视

作为团队的领导者，如果能够记住每一个员工的名字，会让员工觉得自己受到重视，不管是对领导者个人的认同感还是对企业的忠诚感，都会大幅增加。用心记住每一个人的名字可能有点辛苦，但这点付出跟收获相比，实在是不算什么。

安德鲁·卡内基被称为钢铁大王，但他自己对钢铁的制造懂得很少。他手下有好几百个人，他们都比他了解钢铁。但是他知道怎样为人处世，这就是他发财的原因。在他小时候就表现出了组织才华。在他 10 岁的时候，他发现人们将自己的姓名看得很重要。他利用这个发现，赢得了与别人的合作。例如，小时候他在苏格兰的时候，有一次曾抓到一只母兔。母兔生了一窝小兔子，但他没有东西喂它们。他想了一个很妙的办法。他对附近的孩子们说，如果他们能找到足够的苜蓿和蒲公英，喂饱那些兔子，他就以他们的名字来给那些兔子命名。这个方法太灵验了，孩子们为他带来了许多兔子的食物，卡内基一直忘不了。好几年之后，他在商业界利用了类似的方法，赚了许多钱。例如，他希望把钢铁卖给宾夕法尼亚铁路公司，而当时艾格·汤姆森正担任该公司的董事长。因此，卡内基在匹兹堡建了一座巨大的钢铁工厂，取名为"艾格·汤姆森钢铁工厂"。

当卡内基和乔治·普尔门为卧车生意而竞争的时候，这位钢铁大王又想起了那个关于兔子的经验。卡内基控制的中央交通公司，正在跟普尔门控制的公司抢生意。双方都拼命想得到联合太平洋铁路公司的生意，你争我夺，大杀其价，以至于双方都毫无利润可言。卡内基和普尔门都到纽约去参加联合太平洋铁路公司的董事会会议，一天晚上，他们在圣尼可斯饭店碰头了，卡内基说："你好，普尔门先生，我们现在岂不是在出自己的洋相吗？"

"你这句话怎么讲？"普尔门问道。

于是，卡内基把他心中的话说了出来——合并两家公司。他把合作而不互相竞争的好处说得天花乱坠。普尔门倾听着，但是他并没有完全接受。最后他问："这个新公司要叫什么呢？"

卡内基立即说："普尔门皇宫卧车公司。"

普尔门的眼睛一亮。"到我房间来，"他说，"我们来讨论一番。"这次讨论改写了美国工业史。

安德鲁·卡内基以能够叫出众多员工的名字为傲。他曾很得意地说起在他亲任主管的时候，钢铁厂未曾发生过罢工事件。

每个人都有只属于自己的名字，很多人终其一生都只用一个名字，这是他生存与贡献的全部标志，因此人们对名字的热衷也是可以理解的。

一名政治家要学习的第一课是："记住选民的名字就是政治才能。记不住就是心不在焉。"著名的富兰克林·罗斯福总统就是一位如此出色的人。

克莱斯勒汽车公司为罗斯福先生制造了一辆特别的汽车，由张伯伦及一位机械师将此车送交至白宫。

“当我到白宫访问的时候，”张伯伦先生回忆道，“总统非常愉快，他叫了我的名字，给我留下了深刻的印象。他让我向他说明注意事项。”“当总统的许多朋友及同仁表示羡慕时，他当着他们的面说：‘张伯伦先生，我真感谢你，感谢你设计这车所费的时间、精力。这是一件杰出的作品！’他赞赏辐射器、特别反光镜、钟、特别照射灯、椅垫的式样、驾驶座位的位置和衣箱内有不同标记的特别衣柜。换言之，他注意每件细微的事情，他为了了解这些有关我的情况是费了许多心思的。他特别注意让这些东西引起罗斯福夫人、劳工部长及他的秘书波金女士注意。他甚至还对老黑人侍者说：‘乔治，你得特别照顾好这些衣箱。’”

“当驾驶课程完毕之后，总统转向我说：‘好了，张伯伦先生，我想我要回去工作了。’

“我带了一位机械师到白宫去，他被介绍给了总统。他没有同总统谈话，而总统也只听到一次他的名字。他是一个怕羞的人，站在后面。但在离开以前，总统找寻到这位机械师，与他握手，叫出了他的名字，并谢谢他到华盛顿来。他的致谢绝非草率，的确十分真诚，我能感觉得到。回到纽约数天之后，我接到了罗斯福总统亲笔签名的照片以及简短的致谢信，再次对我给他的帮助表示感激。他居然有时间这样做，这真令我感到奇妙无比！”

罗斯福知道一个最容易得到好感的方法，就是记住别人的姓名，使别人觉得自己被重视。但我们有多少人在这么做呢？

所幸的是，总有一些幸运者知道这个“秘密”，为罗斯福总统竞选作出过重大贡献的吉姆·法里，就是这么一位同总统一样善于记住他人姓名的人。

有一次，有记者去采访吉姆，向他请教成功的秘诀。他简短地告诉记者："苦干！"记者显然对这个回答不满意，就再次请教。吉姆就让记者分析他成功的原因，记者说他知道吉姆能叫出1万个人的名字来。吉姆对此进行了纠正，他说他大约可以叫出5万个人的名字。

在吉姆为一家石膏公司到处推销产品的那几年，在他身为石点镇上一名公务员的那几年间，他建立了一套如何记住别人姓名的方法。每次他新认识一个人，就问清楚他的全名、他家的人口、他干什么行业以及他的政治观点。他把这些资料全部记在脑海里，当他又碰到那个人的时候，即使是在一年以后，他还是能够拍拍对方的肩膀，询问他的太太和孩子以及他家后面种的那些向日葵。难怪会有一群拥护他的人！

在罗斯福竞选总统活动展开之前的几个月中，吉姆一天要写数百封信，分发给美国西部、西北部各州的熟人、朋友。此后，他乘上火车，在19天的旅途中走遍了美国的20个州，走过12000里的行程。除了火车外，他还利用了其他的交通工具，像轻便马车、汽车、轮船等。吉姆每到一个城镇，都会去找熟人做一次极诚恳的谈话，接着再继续他下一段的行程。当他回到东部时，就会立即给在各城镇的朋友每人一封信，请他们把曾经谈过话的客人名单寄来给他。那些不计其数的名单上的人，他们都得到吉姆·法里的信函，那些信都以"亲爱的比尔"或"亲爱的佐"开头，结尾总是签上"吉姆"。

记住他人的名字并不是件非常困难的事，它只要求我们多留点心而已，但是效果却是非常显著。领导者何不多花点心思在这件小事上呢？

不要用命令的口吻跟员工打交道

坚定的态度可以让团队成员更相信我们，但不容置疑式的强悍就有些过头了。这会让下属反感，觉得自己被小觑了。因此，领导者在带团队时要不时地变换思维，要学会引导。领导者要把自己的愿景和想法讲给他们听，同时也要将自己的愿景为什么能够实现、自己的想法为什么行得通的原因讲给他们听。当然，更重要的是，要告诉对方跟我们一道对他们有哪些好处。只有给对方充分的理由，然后加上坚定的态度，才能够让对方真正接受我们，从而愿意跟我们一道去做。

极其强势地用命令口吻去跟员工打交道的方式是最不可取的。哪怕面对的是自己的下属，也多半不会有好的效果。对方或许会因为领导者的职位高而不当面反驳我们，但内心一定是有抵触情绪的，工作也会大打折扣。正所谓在我们面前点头，在我们背后偷懒，多半是因为此。所以，作为领导，还是要说理和命令相结合，这样才能有好的效果。下面我们就来看看马云是怎么说怎么做的：

我有一个想法和要求，希望在座的每个人，不管你以前是干什么的，我们要正视互联网、欣赏互联网。这个东西真奇怪，我们以前搞死也搞不过它，而且会越来越搞不过它。我们到现在为止还没有出现超过100亿美元市值的公司，你说我们能成为世界级的伟大公司吗？人家都搞到1700亿了。但是这不等于我们没有互联网的精神。

我为什么去做阿里妈妈（阿里妈妈是阿里巴巴旗下的一个互联网广告交易平台）？因为互联网的文化是一个生态链，互联网绝对不可能成为几个超级大网站独霸的天下。海洋里面不可能只有几条鲸、鲨鱼，而没有大量的虾米。没有小的东西，鲨鱼、鲸都会死掉的。阿里巴巴必须要有生态链，我们必须为将来自己生存的环境而发展。

无数的中小网站、博客、论坛，这些不活下来的话，我们鲨鱼会死掉的。为这些小的东西做事情的时候，你这个企业会做得更强大。阿里巴巴要感谢中小型网站，没有中小型网站，在新浪、网易门户封杀我们的时候，淘宝就没了。至于赚不赚钱，我们forgetit（不必在意）。

今天阿里巴巴有这个能力做一些围绕战略的事情，战略永远是重要而不紧急的事情，但生态环境是很重要也很紧急的。

开头的第一句话，就有命令的意味在里面，不过并不强硬，更重要的是，紧接着不是下达具体的命令，而是告诉人们为什么要执行这个命令，他的道理在那里。这样的讲话方式效果会很好。它是引导式的，而不是粗暴强硬的。

人或多或少都会有些自负情结，因此当听到别人粗暴强硬地命令自己的时候，总会觉得不舒服，会有抵触情绪。我们要做的不是用更加强硬的方式来压制这种抵触情绪，而是用其他的办法将其消灭。最好的办法就是命令和引导结合，让它根本就没有出现的机会。

要让别人按照我们的意愿做事，而不是让别人成为我们的附庸，要拉上别人一道去做一番事业。因此，切不可以摆出自己是老大的架势，用不容置疑的态度跟员工相处。那样是摆错了自己的位置，同时也背离了我们的初衷。

加强情感交流，注重人文关怀

很多优秀的人才离职，归纳其原因，对公司感到失望是其中最为常见的一条。不要让员工感到失望，是对一个领导者的重要挑战，其解决之道就是要注重人文关怀。很多国际上的知名企业非常注重对员工的人文关怀，注重与员工之间的情感交流，从而激发员工的工作热情及对企业的忠诚。

通用电气公司前总裁斯通努力培养全体职工的“大家庭感情”，公司领导和职工都要爱厂如家。从公司的最高领导到各级领导都实行“门户开放”政策，公司职工随时都可以进入他们的办公室反映情况，公司对于职工的来信来访也能积极地妥善处理。

不仅如此，公司的最高领导与全体职工每年至少举办一次气氛热烈的自由讨论。通用电气就像一个和睦、奋进的大家庭，从上到下直呼其名，无尊卑之分，公司成员互相尊重，彼此信赖，人与人之间关系融洽、亲切。

1990年2月，通用电气的机械工程师伯涅特在领工资时，发现少了30美元，这是他一次加班应得的加班费。为此，他找到了顶头上司，可上司却对此事无能为力，于是他便给斯通写信："我们总是碰到令人头痛的报酬问题。这已使一大批优秀人才感到失望了。"斯通收信后立即责成最高管理部门妥善处理此事。

3天之后，公司有关部门补发了伯涅特的工资，事情似乎可以结束了，但通用电气利用这件为职工补发工资的小事大做文章。第一是向伯涅特公开道歉；第二，是通过这件事情，了解优秀人才待遇较低的问题，重新调整了工资政策，提高了机械工程师的加班费；第三，向《华尔街日报》披露这一事件的全过程，在美国企业界引起了不小的轰动。

这个事情在企业管理界具有示范意义：事情虽小，却能反映出通用电气的"大家庭观念"，反映了员工与公司之间的充分信任。通用电气的成功之处就在于抓住了情感管理的要素，在员工与企业间搭建互信的桥梁，上下一心，众志成城。优秀的领导者必须懂得，管理的核心在于管理人心，只有使员工在情感上真正认同公司的管理文化，员工才会满怀激情地工作。

鼓励内部跳槽，帮员工找回激情

一个人在同一个环境里工作的时间久了，很容易失去工作激情。俗话说"树挪死，人挪活"，换一个环境，能够重新唤起员工的斗志，说不定还能帮员工找到更合适的位置。现在的一些企业在人才储备计划中，就常用到这种方法。他们会让员工在公司各个部门都工作一段时间，在了解整个公司运作流程后，再根据个人专长安排岗位。

把员工留下来，把内部聘用制度建起来，把上升渠道打通，这些只是无印良品确立人才内部培养机制的开端。就好比松井忠三花了很多功夫，在无印良品内部凿了一潭清泉，每个员工都是泉眼里涌出的一滴水，如果水不流动，就是一潭死水，一开始再清冽甘甜，也会慢慢变臭变脏。水要流动才能保持清澈，企业内部也要依靠员工的流动，避免组织僵化、人才单一等弊病。松井忠三在担任西友的人事部长时，曾听一位上司吐槽过培养财务人才的尴尬问题。大企业里财务工作烦琐，内容涉及很广，熟悉和学习需要很长时间。假如一个员工从大学毕业后就进入公司财务部门，等到他熟悉了财务工作的全部内容，那时他大概就到 40 岁左右了。

“培养一个能独当一面的财务人才，居然至少需要 15 年时间！”这让松井忠三很吃惊，一旦所有人才都按照这样的模式培养和发展，那么，假如员工在积累了 15 年的财务经验后，一旦再将他调到商品开发或经营部门，他仍旧像一张白纸，需要从头培养。这样的话，要想培养一个精通企业所有部门业务的全面人才将多么困难啊！

要解决这个问题，就不能把人才长期困在固定的岗位上，而是要让他们流动起来。或许有少部分人执着地只热爱某一领域的工作，并且拥有这方面的天赋和才能，那当然也要尊重他们的选择。但对大多数员工来说，松井忠三仍然鼓励他们在各岗位间调动。

企业内部的人员流动，就像“内部跳槽”，能够解决企业的诸多难题。例如员工在某个岗位上缺乏积极性，调一个岗位可能就会重拾活力；有的部门人员长期固定，容易结成小团体，小团体利益可能会损害企业整体发展；人员的岗位调动，也意味着各部门间的信息交换，各部门的横向关系网由这些流动人员打通，信息交换也更活跃。在松井忠三看来，无印良品 80%的人才培养，都得益于企业内部的人员调动机制。

流水不腐，户枢不蠹。作为管理者，就应该鼓励企业内部的人员流动，鼓励内部竞争，不要总是抱怨招不到人才，其实很多人才都在你的眼皮子底下，只是你没把他放到正确的位置上。

第六章 凝聚人心，上下同欲者胜

将员工的力量凝聚在一起

一个优秀的团队，并不是简单的员工的集合体，而是通过团队的目标与精神，将每一个团队成员的优势与能力充分合理地凝聚在一起，形成 1+1>2 的效果，使团队的力量壮大。每个成员都要尽最大的努力为团队贡献力量，形成团队的凝聚力。

一个团队里聚集着一群有信念、有能力，为了共同的目标共同奋斗、互相支持的人。然而，金无足赤，人无完人，在团队协作中难免会有一些人犯一些错误，但只要是为了整体的利益，就算犯了错，纵然失败也无须责罚。甚至有些时候还应该给那些诚心、大公无私的奉献者以适当的奖励，这样才会给团队这个整体以强大而持久的力量。

《西游记》中的猪八戒在他们这个团队里是一个不稳定因素：他能力不强，没有大师兄孙悟空的高超本领，也没有沙和尚的憨厚老实，甚至有些时候还起一些歪心思，要回高老庄。但是他对团队成员有着难以割舍的深厚感情，取经路上也是任劳任怨，面对妖怪也不退缩，为救师傅也敢与妖怪拼命，为了整个团队奉献自己的力量，为取经之路作出了巨大贡献。所以，尽管他的懒散有时会给团队带来失败，甚至造成师傅被妖怪捉走，但是领导者唐三藏从来不责罚他，因为他知道，猪八戒也在为了他们的取经大业而奋斗。

在现代企业中，许多问题的解决需要团队里每个人贡献力量，只靠个人的力量是不太可能完成的。这就需要把团队里每个人的力量结合起来，通过整体的力量才能完成个体不能够完成的艰巨任务。中国有句古话叫“三个臭皮匠赛过诸葛亮”，其实就是说团队的力量大。但对于一个团队来说，人多并不一定力量大，关键是看成员之间够不够团结、有没有奉献精神。对于有奉献精神的队员，无论成败都应该得到褒奖。

在一次奥运会的马拉松比赛中，在各个选手都顺利地完成了比赛后,人们发现坦桑尼亚选手艾克瓦里仍然坚持着,他吃力地跑进了奥运体育场。前三名获胜者的颁奖礼早已经结束,艾克瓦里却还在跑着,他是最后一个抵达终点的选手。当时他的双腿已经沾满血污，但他没有放弃,还是忍着伤痛,努力跑到了终点。

有位记者等在终点线问他:“比赛不是已经结束了吗？你为什么还要跑到终点啊？”

艾克瓦里气喘吁吁地回答道:“我的国家送我来这里,不是叫我来起跑的,而是派我来完成这场比赛的。”

在团队中,大家的地位是平等的,没有主次及高低贵贱之分。只有大家在团队共同目标及组织原则的基础上,精诚团结、相互协作、共同努力,团队的目标才可能实现。只有在团队共同目标实现的情况下,作为团队成员的个人价值才能实现。也只有做到这一点，才能打造出一个真正的无敌团队。团队的核心是共同奉献，这种奉献精神可以调动团队成员的所有资源和才智，并且会自动地驱除所有不和谐和不公正的现象,同时会给那些自觉自愿的奉献者以回报。

商场如战场,战场上“胜败乃兵家常事”的说法,同样适用于商场。而一个团队如果因为某个默默奉献的队员的一时疏忽或是失策而导致计划的失败,而惩罚这名队员的话,那寒心的不光是这位被惩罚的队员,团队中的其他人员也会失去归属感,在以后做事的过程中愈加保守、不积极,对自己的团队失去信任。冲突是没有了,但也没有了好的建议,更没有了行动,最终导致的不是一个计划的失败,而将是一个团队的失败。

由此可见,一个优秀团队的形成需要团队中每一个成员的努力。在一个优秀的团队中，每一个成员都是不可缺少的战斗力量。他们为了整体的利益而奋不顾身地投入战斗,无论成功和失败都不应受到责罚。只要是全心全意为了整体利益而奋斗的,都是值得赞扬的。懂得赞扬,就能激发队员的斗志和潜力，这样才更能激发那些自以为是的人，那些由于自己的原因而导致团队失败的队员也会更加努力，知耻而后勇，时刻想着奉献，这样团队也会越来越强大。

对于团队而言，荣誉就是战斗力

荣誉就是战斗力。对于一个团队来说，荣誉感是团队的旗帜和灵魂。一支有荣誉感的团队是有希望的团队，是伟大的团队。每个人都应该体会过集体荣誉感的神奇力量，它是一个集体凝聚力的来源，为了追求或捍卫某种荣誉，浑身上下都会产生无穷的动力。

2009 年 5 月 12 日，NBA 西部半决赛第四场如期举行，对阵双方是小牛队和活塞队。本场比赛十分激烈，此前三战，小牛队 0 比 3 落后。结果没有悬念而言，因为在 NBA 几十年的发展历史上，还从没有哪支球队能在 0 比 3 落后的情况下扭转乾坤。

该场比赛之前，小牛队球员在接受采访时说："我们已经没有退路，要么赢下比赛，要么开始放假。"虽然胜败已经无法扭转，但是为了荣誉，小牛队依然冲劲十足！果然，在本场比赛中，小牛队全队上下同仇敌忾，为了小牛队的荣誉，德国人诺维茨基用行动证明他是小牛队当之无愧的领袖，他全场拿下 44 分，其中最后一节拿到 19 分，为球队扳回一局，避免了 0 比 4 被横扫的窘况。

每个人对荣誉的需求是精神需求，这种精神需求为人们输送精神力量，同时督促人们把精神力量转化为行动。在一个组织内部，荣誉感不仅能够规范组织和成员的行为，使组织的效率得到极大幅度的提高，还能够创造非凡的力量！

2007 年的亚洲杯留给亚洲球迷一份永久的回忆。这要归功于伊拉克队在该届赛事上的卓越表现。起初，几乎所有人都不看好伊拉克，直到半决赛人们才改变了看法。

在半决赛中，伊拉克队通过点球大战以4比3战胜韩国队，历史上首次闯入亚洲杯决赛。这场比赛中，伊拉克队首发11人坚持了90分钟，而以体能著称的韩国队队员早已是气喘吁吁，伊拉克队员因此赢得了“钢铁战士”的称号。

然而，谁曾想到，伊拉克队员的体能竟然是在战争中练就的。2007年的伊拉克陷入战争的灾难之中，国内局势十分动荡，有时为了躲避军队，伊拉克队只能绕道赶往训练场。后来，坦克开进了巴格达体育场，足球场被毁，他们失去了唯一的训练基地。他们只能把草地稍作整理作为训练场，为了躲避战争还要不停地转移阵地。

在如此艰苦的条件下坚持训练，让人不得不感叹伊拉克队员高度的集体荣誉感。荣誉使他们战胜了死亡的威胁——在当时的伊拉克，生命的危险时时存在。在他们征战亚洲杯期间，多名队员的亲人在战争中丧生，他们忍受着巨大的悲痛为国家的荣誉而战。荣誉感使他们创造了奇迹。2007年7月29日20点35分，决赛正式打响，伊拉克队迎战沙特阿拉伯队。第73分钟时，尤尼斯头球攻门中的，帮助伊拉克首夺亚洲杯冠军。这场比赛已经超越了足球的意义，伊拉克的每一名队员都知道自己身上的使命。

在战场上、球场上，集体荣誉感是至关重要的。同样，在商业组织内部，如果团队成员对自己的工作有足够的荣誉感，对自己的职业和团队引以为荣，他必定会被激发出无与伦比的工作动力和热情。荣誉感是团队的灵魂，如果团队成员没有荣誉感，即便有最完善的管理制度，也难以使其产生追求完美工作的动力。集体荣誉感就是人的一种自我约束和自我激励，即便没有外部的约束，也会带动整个团队的力量。

在日本汽车界流传着这样一个故事：本田汽车的一名员工下班后都会仔细地观察停靠在公司附近路边的每一辆本田汽车，一旦看到有哪辆汽车的刮雨刷落位不正，他都要伏到车前很细心地将其整理好。这其实与他的工作完全不相干。

他的做法被人发现后曾引起人们广泛关注，他解释说："在我眼里，本田汽车是完美无缺的，是不能出现任何瑕疵的，我不希望看到有任何不完美出现在它的身上，我愿意为公司产品的良好形象做任何事情。"

事实证明，荣誉感的力量是强大的。荣誉感不仅是一种感召力，更是一种弥足珍贵的工作热情。荣誉感不是与生俱来的，而是需要长期培养的一种珍贵品质。所以，组织的领导要想使成员具有强烈的荣誉感，就要加强对他们的培养。管理者不仅要帮助成员树立正确的荣誉观念，还要塑造出集体精神，让成员都为团体荣誉而战，相信这支团队一定会创造出奇迹！

明确目标，带出团队的野心

不想当元帅的士兵不是好士兵，人是需要有点野心的，团队也一样，有野心的团队才会拼搏奋进，努力向前。所以，带团队就要带出团队的野心。

管理大师德鲁克说：每个领导者必须为自己所领导的组织确定发展目标。马云说："100多年前，通用电气创业的时候说，要让天下亮起来。所有人都朝着这个方向前进，做出的电灯泡又亮又好。迪斯尼要让全世界的人开心起来，拍了这么多电影，就是让你开心，包括员工也开开心心。假设你今后要创立一个公司，一定要有很强的使命感，我自己也是这么多年才悟出这个道理。所以，阿里巴巴内部定了一个使命：让天下没有难做的生意，通过互联网让中小企业做生意变得越来越简单。"

关于团队建设，有人曾做过一个调查，问团队成员最需要团队领导做什么。70%以上的人希望团队领导指明目标或方向；而问团队领导最需要团队成员做什么，几乎80%的人希望团队成员朝着目标前进。由此可以看出，目标在团队建设中的重要性，它是团队所有人都非常关心的事情。有人说：“没有行动的远见只能是一种梦想，没有远见的行动只能是一种苦役，远见和行动才是世界的希望。”

团队目标是一个有意识地选择并能表达出来的方向，它运用团队成员的才能和能力，促进组织的发展，使团队成员有一种成就感。因此，团队目标表明了团队存在的理由，能够为团队运行过程中的决策提供参照，同时能成为判断团队进步的可行标准。

沃尔玛在初期就提出具有挑战性的目标：“1980 年达成 10 亿美元销售额。”为了达到目标，沃尔玛靠“Beat Yesterday”（超过昨天）的图表，可以将 1 个星期以前的、1 年以前的数据和今天的成果进行比较。通过比较，就可以使预期的水平线越来越高，激发员工为了达到目标而积极向上、持续不断地努力。

鉴别一个人或一个团队是平凡还是一流，就看其有没有一个明确的、能令大家都兴奋起来的目标。不论是经营小店铺，还是领导大企业，优秀的领导者面对团队成员时都要明确地提出公司及团队未来的蓝图，让大家都怀有共同的梦想和希望。

越是关心，员工就会越拼命

企业跟员工的关系不仅仅是雇佣与被雇佣关系，还应是和谐、共同发展的“友谊关系”。维系这种“友谊”的纽带就是要让员工有一种企业就是家的感觉。团队领导者把员工当成自己的亲人一样看待，在一种融洽的合作气氛中，让员工自主发挥才干，为团队贡献自己最大的力量，创造最好的效益。

“严是带兵之道，情是带兵之本”，带团队需要真情，这样的管理才能使团队中有更多的人情味与更大的凝聚力。企业关心、爱护员工，员工肯定会感激和报答。企业家越是关心、爱护员工，员工们就会更加拼命地为企业效力。

英国的克拉克公司是一家很小的公司，它的业务只不过是为顾客的草坪施肥、喷药。但该公司的经营思想、管理方针却十分独特，许多专家称它是一家真正体现“爱的思想”的公司。正是这种不同寻常、强调“爱”的经营思想和方式，使公司获得了巨大成功。克拉克公司创业时只有5名职工、2辆汽车，10年之后，公司已有5000名职工，年营业额达到了3亿英镑。

公司创始人克拉克的父亲传给公司一个信条：“员工第一，顾客第二，这样做，一切都会顺利。”克拉克公司一直坚持这个信条，对员工如同家人一般，为用户尽心尽力提供服务。在克拉克公司，喷药、施肥的工人被尊称为“草坪养护专家”，是公司里最为重要的人。

老板克拉克关心工人，是出于内心的感情，而不是装腔作势或沽名钓誉。有一次，克拉克提出购买一个废船坞，想把它改建为公司职工的免费度假村。公司高级财务管理人员通过细致的计算，发现这个计划超过了公司的实际支付能力，他们费了好大劲，才说服克拉克放弃这个购买行动。可是，没过不久，克拉克又要在一片沙滩上修建职工度假村，财务人员再次劝阻了他。后来，克拉克瞒着公司高级管理人员，买下一条豪华游艇供职工使用，又包租了一架大型客机，让工人去外国旅游。事后，主管财务的副总裁说：“克拉克要我签字时，根本不知道我是否付得起这笔钱！可是我看到那些从未坐过飞机的工人上飞机时的表情后，我再也无话可说。”在克拉克眼里，员工开心，他才会开心。

爱的精神，即爱你的顾客、爱你的员工，尽心尽力使他们满意。沃尔玛的老总曾不无感慨地说：企业里谁排第一？顾客！但是要想让沃尔玛的所有顾客都是上帝的话，我们就必须善待和尊重我们的员工。“爱出者爱返，福往者福来。”给人以爱，赐人以福，最终爱心和福祉又会回到企业身边。何乐而不为？为团队创造出家的感觉，企业将会获得深厚的凝聚力。

没有制度，就没有凝聚力

制度是团队文化的精髓，是一个团队在竞争激烈的环境里生存和作战的保障。一个富有战斗力的企业，必定有严谨的制度；一个合格的员工，也必定具有强烈的制度观念。如果没有制度，团队就会像一盘散沙，员工各自为政，毫无凝聚力。

很久以前，有5个和尚住在一起，他们每天都分食一大桶米汤。但是因为贫穷，他们每天的米汤都是不够喝的。一开始，5个人抓阄决定谁来分米汤，每天都是这样轮流。因此每星期他们都只有在自己分米汤的那天才能吃饱。后来经过研究，他们推选出了一位德高望重的人来分米汤。然而好日子没过几天，在强权下腐败产生了，其余4个人都学会想尽办法讨好和贿赂分汤的人，最后，几个人不仅还是饥一顿饱一顿，而且相互之间的关系也变得很差。然后大家决定改变战略方针，每天都要监督分汤者，一定要把汤分得公平合理。这样下来，所有人的汤喝到嘴里时全是凉的。因为都是聪明人，最后大家想出一个方法：轮流分汤。但是分汤的人一定要等其他人都挑完后，喝剩下的最后一碗。这个方法非常好，为了不让自己吃到最少的一碗，每人都尽量分得平均。在这个好方法执行后，大家变得快快乐乐、和和气气，日子也越过越好。

同样的5个人，不同的分配制度，就会产生不同的效果。所以一个单位如果没有好的工作效率，那一定是因为存在机制问题。如何制定制度，是每个领导需要考虑的问题。

一个有能力的领导者，首先也应该是一个规章制度的制定者。规章制度也包括很多方面：财务条例、保密条例、纪律条例、奖惩制度、组织条例等。好的规章制度可以使被执行者既感觉到规章制度的存在，又不觉得规章制度是一种约束。

看看已经有百年历史的IBM、花旗银行、默克制药等著名的企业，我们就可以发现，只有讲规矩的企业才能成为真正的百年老店。

杰克·韦尔奇曾力推“六西格玛管理”，张瑞敏曾发怒砸掉了质量不合格的冰箱，这些其实都是在立规矩。规矩立起来了，大家就有了准则，有了行动的标杆。从更深的层次讲，企业之间的竞争实际上也是规矩之争，作为制定规矩的团队领导者来说，谁的胸怀和气度大，谁能立起有效的规矩，谁的企业才能长久！

没有规矩不成方圆，团队是人的组合，而每个人都有自己的思想和行为。但是在团队里要与其他成员整体步调一致，纪律的约束不能缺少。因此，在每个企业建立之初，领导者首先做的就是制定明确的纪律规范，为企业画出规矩方圆。

一视同仁，保持公正

管理下属不要存有偏见，对一些人有偏见的上司，对另一些人也会另眼相待。“有偏见当然不好，我们对工作努力的人另眼相待难道也不对？”有的上司不明白了。我们的回答是：另眼相待同样有害无益。

干得出色的下属当然应该表扬，但是，该表扬的时候表扬，该评功的时候评功，平时还是应该对其他下属一视同仁。也就是说，他靠出色的工作赢得了他应该得到的东西，但其他方面还是同别人一样。别人若像他一样工作，也能赢得应该得到的东西。这里强调的是工作，突出的是公平。

如果你把一切特权都授予了他，甚至对他做错的事也睁一只眼、闭一只眼，那么，你让下属怎么向你学习？因另眼相待而造成的特殊化，使他和其他人员之间有了差距和隔膜，别人反而无法，也不想向他学习了。人们会因为嫉妒、仇恨而消极怠工："他既然这么得宠，为什么不把所有的工作都给他去做呢？我们忙个什么劲儿！"

所以，一定要给下属一种公平合理的感觉，让他们觉得人人都是平等的，机会也是均等的，他们才会奋发，才会努力。这样做，对做出成绩的人也有好处，有助于他戒骄戒躁，不断上进。对身体弱的人员也是一样，要么明确规定半休，但在规定的时间内也要和其他人员一样工作。我们不要以为好心一定能干好事，像另眼看待这种"好事"，对任何人来说都是有害无益的。

领导者对待每个下属都要客观公正，让大家都觉得人人机会均等、人格平等，这样他们才会积极主动地做事。无论是对于有特别贡献的人，还是做事马虎、不甚了了的人，都大有裨益。成功者戒骄戒躁，精益求精，后进者不断上进，积极追赶，只有形成这样的一种氛围，才能进行有效的管理。

总之，领导者在处理与下属的关系时，要一视同仁，不分亲疏，不能因外界或个人情绪的影响，表现得时冷时热。当然，有的领导者本意并无厚此薄彼之意，但在实际工作中，难免会更愿意接受与自己爱好相似、脾气相近的下属，这在无形中也冷落了另一部分下属。

领导者要适当地调整情绪，增加与自己性格爱好不甚相同的下属的交往，尤其对那些曾反对过自己或曾犯错的下属，更需要经常交流感情，防止有可能造成的不必要的误会和隔阂。有的领导者对工作能力强、用来得心应手的下属，会长久地保持良好关系；而对工作能力较弱或话不投机的下属，则关系较为疏远。

有一种情况值得注意，有些领导者因与下属关系较近，对下属的一些不合理，甚至无理要求也一味迁就，毫无原则。用放弃原则来维系同下属的关系，更是应该避免。

对员工表达感谢

作为领导者，也许你会感谢经销商、供货商，感谢生意场上帮助过自己的朋友，感谢顾客，但是很少会有人想要感谢一下自己真正的衣食父母——员工。

领导者通常都很清楚员工的重要性，他们知道是员工们一天到晚辛劳工作才为企业积累下丰厚的利润。假如没有员工的话，企业也将不复存在。但是，为什么很多企业家却不珍惜自己的员工呢？有的领导者认为员工无非是机器，坏了就修，修不好再买新的。还有的老板会态度傲慢地说："现在就业形势不好，还怕招不来员工？"而持这种错误观点的人不在少数。

曾经有这样一篇报道：某个体汽修厂负责人责令两名员工在寒冷冬夜里脱光衣服互相殴打，导致其中一名员工死亡。事情的起因是汽修厂员工张某和钱某在修理客户汽车时不小心将车门上的一块玻璃打碎了。汽修厂负责人知道后火冒三丈，强迫张某和钱某光着身子在院子里互相殴打，并不断往二人身上泼热水。这位狠心的老板命令他们："谁打赢了谁才能回屋穿衣服！"迫于老板的淫威，两人打了起来。张某被钱某打倒在地后，老板又用棍子朝张某身上抽打，随后又逼张某在屋外站着。当天夜里，张某浑身抽搐，嘴唇发紫，口吐白沫，不幸猝死。当地法院作出判决，汽修厂老板犯故意伤害罪，判处死刑；钱某系胁从犯，判处有期徒刑3年。

虽然像案例中这样毫无人性、残暴变态的老板为数不多，但是对员工缺乏感恩之心的老板为数不少，他们完全把自己当成了员工的"救世主"，把员工视为可任意欺侮、践踏、盘剥的对象，总以高高在上的态度去对待员工。他们不但漠视员工的问题，还会损害员工的利益。这样的企业是绝不会有前途的，没有人愿意死心塌地为冷血企业去卖命。员工是企业最重要的合作伙伴，没有忠诚的员工，企业要想发展壮大，几乎不可能。

相比不懂感谢员工的老板，杭州桦桐家私有限公司的老板李国飞的行为让人感动。当他得知自己的员工身患绝症的时候，没有袖手旁观，而是为员工付清了所有治疗费，不惜用巨资挽救绝症员工的生命，这正是感谢员工的表现。当别人质疑他“你一个私有企业老板，有必要为一个打工仔付出那么多吗？”的时候，李国飞道出了自己的心声：“他们是企业最宝贵的财富，为公司发展立下了汗马功劳。”显然，李国飞并没有把自己看成企业的主宰，他认为，是员工们的汗马功劳促成了企业的发展壮大，把员工视为财富。

事实也是如此，员工才是企业生存发展的命脉，如果没有员工们真诚地付出，如果没有员工们挥洒血汗，企业就不可能创造出财富，也就不能做大做强。

员工和企业血脉相连。在中国经商，机遇不单单垂青有准备的人，更垂青有爱心的人、有感恩之心的人。领导者只有把员工当成宝贵财富，员工才能为企业不遗余力地创造财富；领导者只有多加珍惜员工，常抱感恩之心，并用具体行动向员工感恩，员工才能以主人翁的姿态回报企业。一座气势宏伟的大厦是由一块块坚固的砖堆砌而成的，同样，一个好的企业是由一个个优秀的员工组成的，员工的每一个行为都影响着企业的生存发展。

打造互助合作的团队文化

带10个人的团队，靠一个团队领导的能力；带100个人的团队，靠组织架构的能力；带2万人以上的团队，那就只能靠文化。

“如果你想让列车时速再快10千米，只需要加一加马力；若想使车速增加一倍，你就必须更换铁轨了。资产重组可以一时提高公司的生产力，但若没有文化上的改变，就无法维持高生产力的发展。”这是杰克·韦尔奇的名言。

团队能否做大、做强，最重要的因素在于这个团队是否有凝聚力，是否有一种积极向上的、优秀的文化作支撑。

沃尔玛从一家不起眼的小店发展成为世界上最大的零售企业，必定有其独特的经营之道。约翰·科特在进行企业文化与企业业绩关系的研究中惊奇地发现，沃尔玛这家服务性公司在企业文化力量方面平均得分值排名第一；在同期的企业经营业绩增长指数排名中，沃尔玛也位居前列，排名第二。在众多成功因素当中，沃尔玛的文化和因其文化而聚集的团队起了巨大的作用。在美国管理界，沃尔玛被公认为最具文化特色的公司之一、最适合工作的公司之一。可以说，沃尔玛文化打造的团队是沃尔玛其他战略得以成功实施的肥沃土壤。

好的文化可以塑造团队的向心力，在企业文化的建设过程中，好的态度和行为要大力提倡，坏的迹象和风气要坚决抵制。坏风气在团队中会像病毒般传播，毁掉整个团队。“螃蟹效应”就是团队之中常见的“坏文化”之一。

螃蟹效应来源于人们在生活中的实践。许多钓过螃蟹的人都有这样的经验：把许多螃蟹放在竹篓里，就算不盖盖子，螃蟹也是爬不出来的。只要竹篓里有两只以上的螃蟹，就没有螃蟹能爬出竹篓。当一只螃蟹爬到竹篓口的时候，其他的螃蟹都会用大钳子抓住它，直到把那只本来马上就能爬出去的螃蟹拖入篓底。然后就会有另外一只螃蟹踩着这只螃蟹继续向上爬。螃蟹爬到洞口后又被其他螃蟹拖下来。循环往复，最终没有一只螃蟹能够成功逃出竹篓。

人们常用“螃蟹效应”来形容一些不道德的职场行为。这种行为的具体体现是：团队成员目光短浅，没有大局观，只看到自己的利益，忽视整个团队的利益。有了这种坏风气，团队就会在内斗中逐渐失去前进的动力，失去生命力。这种现象不但无法使团队凝聚起来，产生超强合力，一致对外，还会增加团队的内耗。团队的潜力也就在这样的环境之中慢慢消失殆尽。所以，团队领导者在培训员工时，要把互助合作的团队文化加进来，懂得用文化来凝聚人心。

把员工放在第一位

沃尔玛的公仆式领导一直都很有名。早在创业之初，沃尔玛公司创始人山姆·沃尔顿就为公司制定了三条法则：顾客是上帝、尊重每一个员工、每天追求卓越。沃尔玛是倒金字塔式的组织关系，这种组织结构使沃尔玛的领导处在整个系统的最基层，员工是中间的基石，顾客放在第一位。沃尔玛提倡"员工为顾客服务，领导为员工服务"。

沃尔玛的这种理念极其符合现代商业规律。对于现在的企业来说，竞争其实就是人才的竞争，人才就是企业的员工。作为团队领导者，只有提供更好的平台，员工才会愿意为企业奉献更多的力量。上级很好地为下级服务，下级才能很好地对上级负责。员工好了，公司才能发展好。企业就是一个磁场，团队领导者与员工只有互相吸引才能产生更大的能量。但却有很多企业看不到这一点。不少团队领导者总是抱怨自己的员工素质太低，或者抱怨员工缺乏职业精神，工作懈怠。但他们最需要反省的是自己为员工付出了多少；作为领导，自己为员工服务了多少。正是因为团队领导者对员工利益的漠视，才使很多员工感觉企业不能帮他们实现自己的理想和目标，于是不得不选择跳槽离开。这种企业的领导者应该向沃尔玛认真学习。沃尔玛在实施一些制度或者理念之前，首先要征询员工的意见。沃尔玛的领导者认为，公司的政策制定如果让员工参与进来，会更容易赢得员工的认可。沃尔玛公司从来不会对员工的种种需求置之不理，更不会认为提出更多要求的员工是在无理取闹。相反，每当员工提出某些要求之后，公司都会组织各级管理层迅速对这些要求进行讨论，并以最快的速度查清员工提出这些要求的具体原因，然后根据实际情况作出适度的妥协，在一定程度上满足员工。

在沃尔玛领导者的眼里，员工不是公司的螺丝钉，而是公司的合伙人。他们的理念是：员工是沃尔玛的合伙人，沃尔玛是所有员工的沃尔玛。在公司内部，任何一个员工的名牌上都只有名字，也没有标明职务，包括总裁。大家见面后无须称呼职务，只需直呼姓名。沃尔玛领导者制定这项制度的目的就是使员工和公司就像合作伙伴。一直以来，沃尔玛的薪酬在同行业中都不是最高的，但员工们却以在沃尔玛工作为快乐。

在物质利益方面，沃尔玛很早就开始面向每位员工实施其“利润分红计划”，同时实施的还有“购买股票计划”“员工折扣规定”“奖学金计划”等。除了以上这些，员工还享受一些基本待遇，包括带薪休假、节假日补助、医疗、人身及住房保险等。

沃尔玛的每一项计划几乎都是遵循山姆·沃尔顿所说的“真正的伙伴关系”而制定的，这种坦诚的伙伴关系使包括员工、顾客和企业在内的每一个参与者都获得了最大限度的利益。沃尔玛的员工真正地觉得自己是公司的主人。

为员工提供服务，把员工视为企业的合作伙伴，这是员工最希望的关系。这种有效的方式能实现“双赢”。把员工视为企业的合作伙伴，就能增加相互之间的协作，不仅员工能迅速成长，为企业带来的效益也是巨大的。

找出渴望，带领下属奔向共同理想

一个团队领导者的梦想不管如何伟大，假如没有下属的认同与支持，梦想只是梦想。领导者要赢得下属的拥戴就要认同下属，找出他们的渴望，带领下属奔向共同理想。一位知名的企业家曾经说过："假如说领导者需要具备什么特殊天赋的话，那就是感受他人目标的能力。领导者只有倾听他们、读懂他们、采纳他们的建议，才能够说得出他们的感觉，能够站在他们面前信心十足地说：'这就是我所听到的你的愿望，这就是你的需求与抱负，只要你跟着我朝着正确的方向走，这一切就都能在我们追逐共同目标的过程中实现。'"

多少年来，不论刮风下雨，不论严寒酷暑，每个星期六的早晨7:30，当多数美国人还在睡梦中时，在沃尔玛总部，500多名沃尔玛高层管理人员穿着牛仔裤便装，其中有的人还带着孩子家人，来到并不豪华的沃尔玛会议大厅参加公司的周末聚会。在"以人为本"的横幅下，500多人为着共同的目标，振臂高呼"沃尔玛"。他们相信沃尔玛精神，为沃尔玛努力工作，不断创造着沃尔玛奇迹。

沃尔玛所谓的"以人为本"，包含着几层内容。首先是对员工的重视和信任。沃尔玛的响亮口号之一是"零售企业大同小异，不同的是沃尔玛的员工"。尽管沃尔玛雇员成千上万，遍布世界各地，也造就了多位亿万富翁，但时至今日，企业内各级员工间的关系仍犹如兄弟姐妹。雇员大多都被称为"合伙人"，因为他们几乎都拥有公司的股份，年底根据股份分红，所以他们既是雇员，又是雇主。这一制度是从最早的老板山姆·沃尔顿开店时就开始实施的，他当年采取的与众不同的措施是同雇员共享利润、把供应商融入沃尔玛。

同雇员共享利润不但体现在共同持有股份上，还体现在对企业的管理权和决定权上。沃尔玛分店的部门经理如果看到同样的商品在其他地方价格更便宜，有权立即把自己管辖内的商品价格也降到同样水平，甚至更低。更重要的是，部门经理可随时在企业内部网上看到相关商品的同步销售情况，将其和过去的数据比较，使这些部门经理有权像经营一个独立的专门商店一样随时调整订货，大大提高了效率，适应了市场的需要。沃尔玛的库存周转速度是美国零售业平均速度的两倍。

沃尔玛的成功在于其领导者能够深入了解下属的渴望，发掘出企业和员工的共有目标，下放管理权和决定权给部门经理，各级员工关系融洽，同雇员利润共享等形式极大地调动了沃尔玛全体员工的积极性。沃尔玛的领导者能够确实知道他们的员工想要什么、看重什么以及梦想的是什么。但这可不是一项普通的技巧，相反，它是一种相当可贵的能力。它要求领导者能了解、接纳、感受别人，并且愿意倾听他人的心声。

研究表明，优秀的领导者能利用人对理想生活的向往，清楚地勾画出公司共有的愿景，能使员工变得更为勤奋。

著名管理咨询专家彼得·德鲁克说过："一个成功的团队领导者对领导艺术往往有更新更深的领悟。在他们那里，领导才能就是影响力。真正的领导者是能够影响别人，让别人追随自己的人。他能使别人参加进来，跟他一起干。他还能鼓舞周围的人协助他朝着他的理想和目标迈进。"

在现实生活中，人们确实想有所奉献，只要有共同的理由、任务、目的或愿景使他们结合在一起，他们就能完成非比寻常的伟业。正如彼得·圣吉在《第五项修炼》中所说的："这是人们心中的一股力量，一股不容忽视的力量……几乎没有任何力量，会像共同的愿景这样锐不可当。"下属们更愿意追随能做事的领导者，而不是那些总是狡辩事情为什么不能做的人。优秀的领导者总是能赋予团队以理想，并以此激发团队成员获得成功。

让员工畅所欲言

某公司一名张姓的副总经理正在会议室与同事研究工作，他们认真、专注，以至于连会议室悄悄进来一个人都没有觉察到。进来的人是公司的普通职工李某。李某手中拿着一个没有盖子的矿泉水瓶，偷偷摸摸地坐到张副总经理身边，随后，他将瓶子端起来，作出似乎要喝水的样子。就在这紧要关头，公司保卫人员冲进来，大喊："快夺下，他瓶子里装的是汽油。"张副总经理一听，立即将李某推倒，奋力抢夺他手中的瓶子。李某左手护住瓶子，右手从兜中掏出打火机。就在一瞬间，汽油被点燃，火苗立刻蹿起来，张副总经理和李某的手均被烧伤，工作人员立即将室外的灭火器拎进来，将火熄灭。接到报警后及时赶到的民警将嫌疑人控制住。警察询问后得知，李某放火的动机是对企业现在推行的工作制度心怀不满。

由此事件可见，对员工怨言的处理是否得当、员工是否有表达情绪的渠道，对团队领导者来说，不是小事，不是可有可无的东西，是一件关系到企业安全的大事。比尔·盖茨就一直鼓励自己的员工，一定要畅所欲言，他说："如果人人都能提出建议，就说明人人都在关心公司，公司才会有前途。"松下幸之助有句口头禅："让员工把不满讲出来。"让员工把不满讲出来，就需要企业有员工抱怨处理制度。在实行员工抱怨处理制度的企业中，从最基层到最高层管理机构，各级都应设有员工抱怨处理部门。由基层处理机构负责处理基层员工的抱怨问题，若基层处理不好，在一定期限内要提交到上级，由上级来处理。若仍得不到解决，就要借助第三方参与进来加以解决。在这种机制下，员工的任何不满都能得到解决，就不至于会发生上文案例中的那种过激行为。其实，企业在处理员工抱怨的同时，也是进行自我机制修正的过程。在倾听员工抱怨的过程中发现制度的不足，进而加以改正，从而保证企业各项机制的良性发展。

除了建立员工抱怨处理机制，通过正式程序来解决员工不满之外，团队领导者还要学会与下属之间建立一种互信关系。与员工建立起互信关系后，就能促使下属带着责任感去工作，而不是消极地服从。这样可使人际关系多了和谐，少了摩擦；上下级之间多了沟通，少了隔阂；使管理工作多了快乐，少了焦虑；公司与员工之间多了理解，少了误会。

团队领导者在处理员工抱怨时，一定要果断决策。任何情绪都是会传染的，消极的抱怨很容易在员工群体之间引起共鸣，由点引发到面，使波及面变大，不利于处理方法的实施。在处理之前，要分清楚员工抱怨的根本原因。如果是在企业运营过程中，因为某个管理人员的失职导致的员工抱怨，团队领导者要及时对当事人采取惩罚措施，尽量做到公正严明；如果员工的抱怨是针对企业制度，那么，规范公司的规章制度、工作流程和岗位职责等，则是处理这些抱怨的措施。在规范管理制度时，应采取公平、公正、公开的原则。可以让抱怨者参与共同制定规范。制定好后还要向所有员工公开，使之深入人心。只有这样才能保证管理的公正性。

第七章 限制下属成长，只能事必躬亲

把下属培养成干将，才能解放自己

某网络科技公司CEO对带团队有很深刻的领悟和认识。他说：如果管理只是单纯地管人，就算你费尽心思，绞尽脑汁，也不可能把人管好，只有懂得从管人上升到带人，才能把企业管好。不懂带人，新人难以成长。结果要么是蜀中无大将，廖化为先锋；要么干脆就无人可用，最后不得不事必躬亲，累死自己。不懂带人，再好的点子也是纸上谈兵，再好的项目也只能胎死腹中。的确，只有集众人之力与智慧，把下属培养成干将，才能解放自己。

有这样一个电影镜头：战场上硝烟弥漫，班长被敌人的枪火击中，班里还剩下5个成员，战斗还在继续，班长一把拉过身边的一个战士，说：我死了，你就是班长，由你来指挥全班继续战斗。火线上的任命最具有感染力，其他士兵服从命令，跟随着新任班长继续坚守阵地。但是，问题出现了，从来没有指挥过别人的这位新班长，在敌人猛烈的炮火面前陷入了犹豫：死守，还是突围？他一犹豫，敌人就趁机围了上来，将他们全部俘虏。

关键时刻，下属的能力出现了问题，导致全军覆灭。商场就是战场，任何企业或者组织都是冲锋在战场上的连队。要想在关键时刻不掉链子，要想在关键时候有人承担起领导责任撑起来，企业就需要在日常加强对员工的培养。

作为中国企业的一面旗帜，华为不断在国际市场上创造奇迹，为国争光。在华为辉煌业绩的背后，是华为员工成千上万双染红的“狼眼”。“华为人的眼睛都是红色的，或许这就是华为公司文化熏陶的结果，这让我们感觉有点恐怖。”华为的竞争对手这样评价“狼性”文化。与其他跨国公司一样，华为招聘时更青睐大学应届毕业生。在正式加入华为前，新入职的员工需要参加为期20天的公司文化培训。华为视人才储备优于公司的财务增长，花巨资从英国引进全套人力资源管理系统，内容包括任职资格、职业发展和考核体系，这也使华为在不断壮大和发展中，公司的“狼性”文化传承得到制度的支撑。华为的“狼性”培训，就是把员工培养成一头头血性十足的“狼”，使员工具有超强的捕猎能力。正因为这样，华为的旗帜一直在国际市场上高高飘扬。

员工成功，企业才能大成功。这句话的背后隐藏着一条重要的前提：得让员工具备能力，尤其是有别于对手的独特能力，员工才能成功。作为团队领导者，注重培养下属的能力是一项基本的且最重要的工作。不管你管理的部门有多大，你要牢记你领导的是一个整体，要用团队的力量解决问题。一个部门的强弱，不是主管能力的强弱，而是所有团队工作的强弱。团队领导者最重要的职责就是要将下属训练成“狮子”，将团队变成“狮子群”，而不需要将自己变成“狮子”。

一个合格的团队带头人要善于培养人，要充分发挥团队中每个成员的聪明才智，让他们不断提高和进步，不能光会跟着干，要人人都能独当一面，为他们以后带团队打下基础。有了能带团队的人，人才遍地开花，企业才能持续发展。

不给晋升设上限

管理学上有一种“天花板”现象，意思是说一些人才想顺着职业生涯发展阶梯慢慢往上攀升，但当快要接近顶端时，他会感觉到一层看不见的障碍阻隔在他们上面。

在现代职场中，我们经常会听说，某人在外企发展得很好，但后来还是跳槽了，为什么？很可能就是触到了天花板。从企业角度来说，人才的频繁流动对企业的内部管理会造成很大压力。要想稳定人心，提高员工对企业的忠诚度，就要完善内部的管理机制。企业内部管理不善，必然会影响人才的稳定性。

联想公司深知人才对公司的重要性，公司为员工的发展提供了一个“没有天花板的舞台”。联想将人才招聘比喻为蓄水池。联想的研发人员都是直接从学校招聘，员工的平均年龄不到30岁。这也是技术型公司的特点，因为公司需要员工有创造力和能全身心地投入工作的激情。

另外还有两个“水池”，一个是员工职业训练，另一个就是干部行政训练。联想的人力资源会对每个岗位和人才进行充分评估，即一个岗位到底需要什么样的能力、要求是什么、人才与岗位是否匹配、是否人尽其才。针对技术人员流动较多的问题，联想根据企业需求，制定了多种职称序列评定标准来解决技术人员流动性大的问题。这样会让员工清楚地明白：如果我不走，不仅会有可观的收入，还会有较好的发展平台。联想有些专家、工程师的收入比管理层还高。

干部训练则是根据岗位的需求评估现有干部，单独对干部进行排序分级建立干部评选、选拔、任免的标准。干部也好，员工也罢，都有自己的发展空间。

另外，联想公司还在研发职称序列的基础上，全面启动专业序列，启动轮岗制度，建立多种职业发展途径；通过能上能下的用人机制，帮助在职业上遇到瓶颈的员工找到新的发展道路，让积极奋进的员工有更畅通的发展空间；用多元化的薪酬制度来优化员工的收入结构，保证员工整体收入的行业竞争力。

公正、合理的人员安排是留住优秀人才的关键。联想以强化干部建班子、带队伍的责任和能力，严格评估其管理绩效，严格执行淘汰机制来保障联想永远拥有业界一流的人才。

联想给员工提供的是“没有天花板的舞台”。在联想，只要有能力，年龄绝对不是障碍。据统计，近几年进入联想的应届毕业生中，有10%的人已经进入到管理岗位，还有20%的人已评上中级以上技术职称。联想的不少高级主管都是在入职后几年内提拔起来的，有的甚至一年连升三级，越来越多的年轻人正活跃在联想的舞台上。

领导者要主动拆掉员工头上的“天花板”，促使员工积极工作、奋发向上。优秀的团队领导者不只要达成团队目标，同时也要协助每一个成员实现目标，给他们实现目标的空间和机会，让团队的目标与员工的目标相结合，创造双赢的新局面。

舍得投入，让员工不断成长

在日本的汽车企业里，当有新的工作需要时，一般是重新培训现有的员工，通过内部调节来满足。企业认为，对已具备本企业工作所需的软知识和软技能的员工进行培训，让其学习某项硬技能，比让一个具备某项硬技能的外来人重新学习和掌握本企业的软知识和软技能更快、更合算。在日本企业中，外部招聘来的管理人员或专业人员，无论其能力多强，均需在企业工作相当长一段时间，熟悉企业内部的制度和体系后，才有可能得到提拔。企业认为，只有进行培训，他们才能彻底地融入公司。

与日本的汽车企业同样看重培训的惠普公司以“不仅用你，而且培养你”著称。在惠普公司的理念中，员工培训被认为是投入产出比最高的投资。惠普的培训过程由“硬”到“软”，不断深化。先是业务知识的培训，然后逐步上升到对沟通技巧、文化、思维等方面的培训。这种培训思路体现出惠普在培养人才方面的一种哲理——打造全方位人才。惠普的领导者认为，拥有高素质人才才是企业腾飞的基础。

员工进入惠普后，一般要经历四个成长的阶段。第一个阶段是自我约束阶段，不做不该做的事，强化职业道德；第二个阶段是自我管理阶段，做好应该做的事——本职工作，加强专业技能；第三阶段是自我激励阶段，不仅要做好自己的工作，而且要思考如何为团队作出更大的贡献，思考的立足点需要从自己转移到整个团队；第四阶段是自我学习阶段，学海无涯，随时随地都能找到学习的机会。正是由于员工的不断成长，惠普才能在市场上屹立不倒。

十年树木，百年树人。企业要壮大人才队伍，必须舍得投入。对员工进行培训，可以防止员工知识老化、能力退化、观念僵化，使员工不断更新观念，能有效提高团队的创新能力。培训是最好的投资，也是送给员工最好的礼物。

从大局出发，水涨船才高

领导者都应该有培养继任者的计划和意识。培养合格的继任者，比实施一项新战略更重要。要想企业能够长期生存发展下去，领导者就要将更多的精力放在为企业培养更多能够创造财富的领导者上，并在企业内培养一种可供优秀经理人成长的健康文化。

麦当劳为了使优秀人才早日得到晋升，设立了这样一种机制：无论管理人员多么有才华，工作多么出色，如果他没有培养自己的接班人的话，那么其在公司里的升迁将不予考虑。这一机制保证了麦当劳的管理人才不会出现青黄不接的情况，由于这关系到每个人的前途，所以每个人都会尽一切努力来培养接班人，并保证为新来的员工提供成长的机会。

井植薰在三洋公司采取的是“水涨船高”的人才培养方式。“水”就是公司的全体职工，首先要把“水位”提高，通过培训来让全体职工都有一个能力提升的机会。“船”是浮在水面上的出色人才，“水”涨高了，“船”才能涨得更高。当有冒尖的人才出现时，应立即将他放到更重要的岗位上去，这样子选出来的干部比起“水落石出”时涌现出来的干部在能力、思想以及工作热情上都要更胜一筹。

不仅是三洋公司，世界上任何成功的公司都验证了一个颠扑不破的真理：企业如果想取得理想的成绩，就必须让员工跟着自己一起发展。

稍懂棋道的人都明白，下棋时每落一子至少要看到后面的几步。同理，有远见、雄才大略的领导者在培养接班人时也应从大局出发，加强对有能力使企业基业长青的人才的培训，及时将员工提升到企业高级管理层的候选人中。只有这样，企业才能赢得先机。

培养团队野心，打造有胆识的将才

聪明的人很多，但如果只有聪明而没有胆识，顶多只能成为“英才”，很难取得更大的成就。一个人有胆识，其表现就是强势、果断、敢冒险。有胆识才能冒险，能冒险才有可能成就不凡的事业。要成为卓越的领导者，有胆有识、敢作敢为是一种必不可少的特质。

松下电器公司选拔市场策划人才的测试别出心裁。被选拔者是 3 名新招的员工，公司将对他们例行岗前考核。考核的具体办法如下：

公司将 3 人从东京送往广岛，让他们在那里生活 1 天，按最低标准给他们每人 1 天的生活费用是 2000 日元，最后看他们谁剩的钱多。按照当地的价格，一罐乌龙茶是 300 日元，一听可乐是 200 日元，最便宜的旅馆一晚就需要 2000 日元。也就是说，他们手里的钱仅够在旅馆里住一夜，要么就别睡觉，要么就别吃饭，除非他们在天黑之前让这些钱生出更多的钱。而且他们必须单独生存，不能联手合作，更不能给人打工。

第一名员工用 500 日元买了一副墨镜，用剩下的钱买了一把二手吉他，来到广岛最繁华的地段——新干线售票大厅外的广场上弹吉他。半天下来，他的琴盒里已经是满满的钞票了。

第二名员工则花 500 日元做了一个大箱子，上写“将核武器赶出地球——纪念广岛原子弹爆炸40周年暨为加快广岛建设大募捐”，也放在了这最繁华的广场上。他还用剩下的钱雇了两个中学生做现场宣传讲演，不到中午，他的募捐箱就满了。

第三名员工在到达目的地后做的第一件事是找了个小餐馆，点了一杯清酒、一份生鱼片加一碗米饭，好好地吃了一顿，一下子就消费了1500日元。然后他又钻进一辆废弃的汽车里美美地睡了一觉……

中午的时候，突然来了一个大胡子稽查员，凶神恶煞地把第一名员工的琴盒和第二名员工的募捐箱一并没收了。在这两位员工想方设法借了点路费、狼狈不堪地返回公司时，已经是第二天晚上了，那位稽查人员也在公司。原来这个“稽查人员”其实就是第三名员工，他的袖标、胸卡是用150日元做的，旧玩具手枪和化装用的络腮胡子是花了350日元从一个拾垃圾老人那儿买的。毫无疑问，第三名员工是最终的胜利者。

松下电器公司国际市场营销部总课长宫地孝满对此表示：企业要生存发展，要获得丰厚的利润，不仅仅是会吃市场，最重要的是要任用那些懂得怎样吃掉市场的人。

企业要想在风云变幻的市场中立于不败之地，不仅需要那些能打进市场的头脑灵活的有识之士，而且也需要能抢回市场的敢想敢干的有胆之人。在日趋激烈的市场竞争中，后者的重要性也日益凸显。敢于打拼才是众多企业迅速崛起的秘密所在。

选拔将才要将胆识作为重要参考标准。有胆识的人，在需要力排众议的时候，就不会瞻前顾后；有胆识的人，发现百年难得一遇的机会时就不会犹豫不决；有胆识的人，对已经不能再用的人，就不会一再容忍，徒增困扰……培养团队的野心，打造有胆识的将才，整个团队就必然敢打敢冲。

因材施教，培养员工独当一面的能力

荷兰阿姆斯特丹的港口旁边，时常有一个慈悲的老妪在傍晚时分出来散步。每次出来的时候，老人都会带些面包之类的食物，将这些食物分给栖息在海边的野雁吃。野雁是随季节变化而迁移的候鸟，每年冬季将要来临的时候，它们会从北方飞到气候温暖的南方去越冬。由于老妪每天都来喂，吃喝不愁，野雁再也不用出去觅食，天天围着老人转。久而久之，野雁逐渐变肥。在这一年冬天来临的时候，野雁再也飞不到南方，累死在了途中。

员工没能力，企业就不可能有竞争力。很多团队领导人对所有的事情都大包大揽，就像故事中的老人，员工就像是被喂养的野雁，过分依赖领导者。员工失去了创造力，失去了工作激情和挑战高难度工作的勇气，结果什么事情也干不成，能力越来越差，领导者也越来越累，企业也随着员工的平庸而陷入停滞不前的发展泥潭。所以，带好团队就要懂得带员工，培养他们独当一面的能力。

也许有些团队的领导会说，我们也花了大量人力物力对员工进行了培训，但效果却不显著，效益还是难以提升。这种问题的根源在于企业的员工培训没有针对性。培训要有针对性，这就需要企业在进行员工培训时更加注重培训方法的有效性。评价有效性的重要标准是看培训的对象是否按照企业的愿望成长。

海尔在实施员工培训时，从来都是从企业的愿望出发，对员工采取最为有效的培训方式。海尔培训的原则是“干什么学什么，缺什么补什么，急用先学，立竿见影”。以海尔集团常务副总裁柴永林为例子，他是20世纪80年代中期在企业发展急需人才的时候入厂的。一进厂，企业领导就在他的肩上压上了重担。领导发现他的潜力很大，只是缺少了一些知识，需要补课。公司希望他将来能够承担更大的职责，所以就安排他去补质量管理和生产管理的课，到一线去锻炼，边干边学，拓宽知识面，积累工作经验。连柴永林自己都承认，这是最有效的培训方式，经过基层的几年锻炼，他各方面的能力得到了补充和加强，对企业运营的宏观认知上了一个大台阶。由于业绩突出，柴永林在1995年被委以重任，负责接收了一个被兼并的大企业。1年后，他就使这个企业扭亏为盈，并使这个企业创造了两年之内成为行业领头羊的发展神话。随后，他不断创造奇迹，海尔人称赞他："你给他一块沙漠，他还给你一座花园。"

海尔集团自创立以来一直将员工培训工作放在首位，上至集团董事长，下至车间一线工人，公司都会根据每个人的职业生涯设计出极具针对性的培训计划，搭建个性化发展空间。在海尔，公司为员工设计了三种职业方向，分别是针对管理人员、专业人员、工人。每一种都有其升迁方向，每一种都设置有成套的专业培训。

海尔员工培训的最大特色是将培训和上岗、升迁充分结合起来。海尔的升迁模式是海豚式升迁。海豚是海洋中最聪明的动物，它下潜得越深，则跳得越高。一个员工进厂以后如果工作表现很好，很有潜力，公司希望他能干一个事业部的部长，但他仅有生产方面的经验，缺乏市场的经验。那怎么办？派他到市场上锻炼。他必须去从事最基层的工作，然后再从这个最基层岗位一步步干上来。如果能干上来，就上岗，如果干不上来，就回到原来的老岗位上去。即便是公司的高层管理人员，如果缺乏某方面的经验，也要被派去基层锻炼。

技能培训是海尔培训工作的重点。技能培训就是抓住实际工作中出现的最优秀或者最失败的案例，当日下班后立即在现场进行案例剖析，针对案例中反映出的问题，统一指导人员学习、改进工作。对于一些典型的案例，他们会在总结成文字后发表在集团内部的报纸《海尔人》上，推动更大范围的讨论和学习，提高员工的技能。海尔就是凭借这种最为有效的培训方式保证了企业持续高速发展的动力。

培训没有针对性的话就是一场过场戏，培训员工时要懂得因材施教、因人而异。

关注学习型人才

知识经济时代，人才制胜，团队需要有潜力的员工。考核现代人事业绩的一项标准就是看其是否发掘了有潜力的员工、培养了优秀员工、创造了高绩效的工作环境。发掘有潜力的员工是促进公司发展的智力资本。潜力是什么呢？德才兼备、专注好学的员工就是团队寻找的“潜力股”。在人才选拔与任用的实践中，不仅要重能力，更要重潜力、人品。胜任岗位工作的基本能力是必需的，但只有品德优良、有潜力的人才能得到足够的发展空间。

什么样的人是有潜力的人呢？有潜力的人才一定是视野广阔、心态积极、专注好学的员工。如果说事业心是成长的动力，那么专注好学就是员工成长的助推剂。员工只有花精力去钻研和学习工作领域的知识，花精力去提高绩效，才能为企业创造价值，企业才能把自身的发展托付给这些人。

大学刚毕业的小李本想到大企业去做机械设计，可后来却进入了一家工厂做技术维护，工作很闲，价值不大，干得很郁闷。两个月后，公司因为发展的需要，从国外购进了5台工业用的大车，由小李负责技术维护。可是不到半年，这5台车就坏了，怎么也开动不了。小李和技术组一同寻找原因，同时也联系了生产该车的外国技术专家。

外国专家前来简单地看了一下大车的情况，马上得出结论：故障是因为工厂工人操作不当引起的，生产方没有责任。但是小李认为，工人完全是按照说明书进行规范操作的，并没有不当之处。于是，他向外国专家提出了自己的看法，但是几个外国专家却坚持说是工厂工人的责任。

这让工厂的领导很为难：如果承认是工人操作不当引起的故障，那么厂家就不负责维修，5台车的维修费用要自己掏，算下来怎么也得100多万元；可是如果不承认，自己的技术人员不精通这方面的技术，又拿不出有力的证据。就在领导准备咬牙承担这笔巨大的损失时，小李拦住了领导，他给领导立下军令状，一定给工厂拿出证据。

随后，他带领几个技术工人，在车上一待就是几天，用各种检测工具从头开始一点一点地检查线路。就在第四天早上，小李在一组线路中发现了问题，这组线路存在的问题足可以证明这5台车在生产设计时就存在着严重的问题。当小李把这组数据放在外国专家面前时，趾高气扬的外国专家顿时说不出话来。最后，维修费用由生产厂家全部承担。

小李为公司立下了大功，领导马上提升他为技术总监。小李也在这份原本不被自己重视的工作中获得了成就感。

小李身上体现的是现代企业最重视的素质：专注好学。具备良好的道德素质的学习型人才就是企业在寻找的潜力股。学习能力是企业十分看重的一点，只有不断学习，才能适应不断变化的岗位要求，才能在学习中不断提升自身的能力，从而实现个人与企业的共赢。

作为团队领导者，领导一定要善于从品德素质和专业能力这两个角度发现公司的未来潜力股，尤其是要关注那些爱学习、热衷进取的员工，他们今天的学习就是明天成为专家的资本。找到公司的潜力股，才能使企业持续不断地发展。

给员工一个知遇之恩

团队领导者常常会为如何让精英人才发挥作用而烦恼。解决这个问题的最好办法就是将那些表现优异的精英人才提拔上来，把他们安排到重要的工作岗位上，这不仅能使员工的欲望得到满足，最大限度地调动他们的工作积极性，企业也会因为员工欲望被激发而获得更大的收益。

人才是企业的资本，领导者应该给员工一个知遇之恩，激发员工对工作的热情，并适时给予锻炼机会。日本就有许多的企业家是因为被领导者提拔至重要岗位后将自己的才华充分施展出来，把企业推向新的高峰。

著名的施乐公司每年都保持着很高的销售业绩，除了产品以质取胜之外，还因为公司内部的晋升机制合理，施乐公司晋升的标准是将员工分为三类：其中一类是工作模范，能胜任工作和监督工作。凡是被提升到公司最高层前50个领导岗位上的人都必须完全是工作的典范，积极投入到质量管理中去。而要想成为较低层次上的经理，则起码必须能胜任工作。至于需要别人督促工作的那一类员工则根本不可能被提升。这样，表现良好的员工能得到迅速的提拔。

谢尔比·卡特是施乐公司的销售人员，工作积极肯干并善于动脑筋。他每天不停地在外面奔波，连午饭都没时间好好吃。卡特用自己的聪明和勤奋为公司销售了大量的产品，他被逐步提拔，最终被提升为全国的销售经理。

他也是个称职的领导者。卡特最喜欢做的事情之一就是将长猎刀奖给那些表现真正杰出的员工。这些猎刀代表着领导的认可，得到它比得到奖金更有意义。得到奖励的员工会把猎刀挂在办公室的墙上，所以在施乐公司的办公室里常常会看到这些猎刀。

因为晋升的机会把握在自己的手中，所以施乐的员工充满热情和干劲。即使在街道上散步，他们也会观察两旁的建筑群，思考如何使每一幢建筑里的公司都成为施乐复印机的用户。每一个施乐的员工都深爱着自己的公司，公正的晋升制度使他们看到了自己的辛勤付出是值得的，他们认为在这里确实可以实现自己的梦想。

千万不能让员工原地踏步，特别是对那些能干的员工，领导者应更信任他们并适时提拔，如果对他们总是半信半疑、不放心，那么他们还能尽心竭力地工作吗？

对于提拔自己的人，大家都会怀有感激之心。因此，领导者若是能够将一个出色的员工提拔到重要的岗位上，员工必会对赏识他的领导心存好感，积极配合领导的工作。团队领导者一定要多关心员工的成长，对他们的工作多鼓励、多支持，并及时给予肯定，使能力突出的人到更合适的位置上大胆发挥自己的长处，提升人才的使用价值。

第八章　树立威望，不令而从

以身作则，成为员工的榜样

有时候，我们抱怨自己的属下不努力，部门业绩差，员工偷懒，工作不积极，自己一个人又做领导又当员工，一天下来忙得头昏脑涨不说，员工还不领情，老板也不买账。主将无能，累死三军，也累死自己！团队绩效差，领导者不能抱怨员工无能，而应该反省自己，先把自己变成干将，才能把员工变成干将。

每个人都希望自己带领的团队是一支所向无敌的团队。那么，应该如何打造出一支永远充满活力的过硬团队呢？这就需要带头人身先士卒！所谓“其身正，不令而行”，作为团队带头人，要时刻作出表率，身体力行，这样员工才能追随你，信服你，才会努力完成你交办的任务。

富有领袖气质的团队领导者懂得为他人树立榜样，他们乐于以同一标准来约束自己。他们身先士卒，说到做到。

领导者之所以身先士卒，是为了表明自己对事业的一种坚定信念，表明自己愿意亲身实践。他们以身作则，在重要事情上倾注大量的时间和精力，成为人们仿效的榜样。

在第一次世界大战期间，麦克阿瑟将军下属的一位指挥官米诺赫尔将军说：“我怕总有一天我们会失去他，因为在战况最危急的时候，士兵们会发现他就在他们身边。在每次前进的时候，他总是戴着军帽，手拿着马鞭，和先头部队在一起。他是激励士气的最大源泉，他的这个师都忠于他。”这也难怪麦克阿瑟38岁时就升到了准将。麦克阿瑟富有领袖气质，不愧为出色的领导者。

榜样的力量是巨大的，富有领袖气质的团队领导者都明白这个道理。美国前副总统林伯特·汉弗莱说：“我们不应该一个人前进，要吸引别人跟我们一起前进。这个试验人人都必须做。”这就是说，以身作则可以成为领导者的强大力量。与你并肩前进的人总是比跟在你后面走的人更努力，也走得更远。

春秋时期，齐、晋两国陈兵于谷。战争开始时，齐军势强，齐侯扬言要等消灭了晋军以后再回来吃早饭。相比之下，处于劣势的晋国军队的将领们知道一旦主将退却，战争的失败是必然的。于是，众将不顾受伤严重，大家互相勉励，同仇敌忾。郤克被箭所伤，鲜血直流到战靴，在这种情况下，他仍奋力擂战鼓不停。郤克被箭伤及肘部，鲜血染红了战车的车轮，但却忍受着极大的疼痛坚持着。郑丘缓坚决地表示一旦有危险，要推着战车往前冲，将领们就这样以准备去牺牲的精神，在战斗中奋勇搏击，激励了全军的将士，使晋军最终取得了彻底的胜利。最后，晋军兴高采烈地围绕着华柱山奔跑了三圈以庆祝胜利。

诺贝尔和平奖获得者阿尔伯特·施韦泽说："在工作中，榜样并不是什么主要的事情，但那却是唯一的事情。"富有领袖气质的团队领导者深知，伟大的梦想并非单靠一个人就能实现，要靠大家群策群力的共同努力，而领导者作为榜样会赢得大家的全力支持与协助。

摒弃老虎相，别让员工如坐针毡

管人不是本事，带人才是本事。高明的领导，人们愿意接受他的建议，在有突发事件时愿意听从他的指导。高明的领导懂得给员工创造一个轻松的环境，他们知道人越是紧张，越是难以发挥正常水平。

大家一定还记得2004年雅典奥运会上最为离奇的一幕：2004年8月22日，在雅典奥运会男子步枪3 × 40决赛还剩最后一枪未打时，美国人埃蒙斯领先中国选手贾占波3环，位居第一。贾占波率先发枪，10.1环。这意味着，埃蒙斯只要不打出低于7.1环的成绩，就能将金牌收入囊中。然而，就在人们以为埃蒙斯将稳稳夺冠时，意想不到的事情发生了。埃蒙斯最后一枪扣过扳机后，屏幕上并没有显示出他的成绩，莫名惊诧的埃蒙斯露出难以置信的表情。经过裁判的认真检查，最终发现埃蒙斯竟然打错了靶位，站在2号靶位的埃蒙斯由于过于紧张，最后一枪竟然打到了3号靶位上。裁判一致判定埃蒙斯最后一枪为0环，唾手可得的金牌戏剧性地落到了中国选手贾占波的手中。原本金牌几乎到手的埃蒙斯由于最后一枪没有成绩，只排到第8名。

职场虽然没有奥运赛场上的竞争那么激烈，但员工在紧张的状态下工作，一定程度上会影响效率。团队领导者不是老虎，所以一定不要施加过度压力，不要让员工在你面前忐忑不安，如坐针毡。团队领导者不应该使员工长期在很大的压力下工作，而应设法调动其积极性，使其把工作当成一种享受，主动、快乐地工作。

一个好的团队领导者，会让下属追随、尊重、敬畏，但绝不会让下属感到害怕。我们再看一个比赛案例。

在一次重要的比赛上，一位国内的跳高运动员面临着冲击金牌的最后一跳。教练对他说："跳过这两厘米，你就赢了。"结果他以失败告终。而在洛杉矶奥运会上，当受了伤的跳水王子洛加尼斯同样面临着冲击金牌的最后一跳时，教练对他说的是："你妈妈在家等着你呢。跳完这轮，你就可以回家吃你妈妈做的小馅饼了。"最终，洛加尼斯获得成功。

生活的逻辑就是这么怪。有时，人们为了达成一个目标，拼命地给自己或下属加压，结果却适得其反，目标没有达到，反而把事情办糟。

一家著名的制药工厂召开了管理人员会议，会议的主题是"关于人才培训的问题"。会议一开始，总经理就用他那铿锵有力的声音提出意见："我们公司根本没有发挥人才培训的作用，整个培训体系如同摆设，虽然现在有新进员工的职前训练，但随后的在职进修却成效甚微。员工们只能靠自己的摸索来熟悉自己的工作，因而造成公司的员工素质普遍低下、效率不高，很难与公司的发展需要相适应。"总经理的话让大家觉得很不安。这个会议本来是为了讨论如何改进培训制度的会议，但是由于总经理一上来就责备大家，所有参会的领导者都明哲保身，集体保持沉默。

这个会议最终没有结果。几日后，公司副总经理重新把公司管理人员召集在一起，他并没有像总经理那样采用责备的口气，而是用一种与人协商的语气同大家沟通。他说："这半个月我对公司的员工培训进行了抽样调查，结果发现它真的没有发挥其应有的功效。所以，今天召集大家开会是想讨论一下应该怎样改变目前人才培训的方法。请大家集思广益、畅所欲言吧！"副总经理的话一出口，大家就你一句、我一句地提建议。会议内容很快形成了改进意见。

惠普公司创建了一种独特的管理方法，他们称这种方法为"周游式管理方法"，其核心词语为自由、开放、尊重。他们创建了敞开式大办公室，所有员工都在一间大屋子里办公，各部门之间只有矮屏分隔；无论哪级领导都不设单独的办公室，员工对领导者也不称呼职衔，对董事长也是直呼其名。惠普公司倡导所有的公司领导者都要深入基层，接触广大员工，这样有利于公司上下左右通气，创造无拘束的合作氛围。在这样的公司里，即便是在董事长面前，普通员工的内心都不会感到紧张。越是不紧张，越能充分表现出自己的才干，越能创造好的业绩。员工的业绩越好，公司越能得到发展。

树立正面形象，为下属做好表率

一个网络论坛里的讨论区有这样的一个问题："如果你有一个爱发脾气的领导，你会怎么办？"

回帖者络绎不绝：

A 说："楼主，你就炒他鱿鱼。"

B 说："远离他，让他成为空头司令！"

C 说："找一个最无理的时刻，让他看看你的脾气，一定有效！"

D说："要么挨骂，要么跳槽！"

跟帖者的回答似乎都在表达一个观念，那就是这个爱发脾气的领导是可恶的、可恨的。

从这些回答我们可以看到，没有人愿意天天守着一座随时可能会爆发的"活火山"。一个团队的领导者爱发脾气，员工做事会畏首畏尾，不敢创新；也会因为领导爱发脾气而心生成见，对工作敷衍了事。对于一个企业来说，这无疑是致命的伤害。所以，如果你想带好团队，就要控制好自己的脾气，树立起正面积极的形象，为下属做好表率和示范，否则时间一长，大家就会对你抱有成见，企业也会因此受损。

张靖是一家商贸公司的职员，做事迅速，不喜拘束。这一天，他早早地完成工作后，拿起一份报纸看了起来。这时，去和外商谈判的老总回来了。老总对公司的人事很少过问，他对张靖也缺少了解。在进来的时候，他看见了张靖手里的报纸，于是怒从中来。

"你们这群人一天到晚都在干些什么？看看这办公室乱的，就和猪窝似的，一天拿着公司那么多钱，就知道看报纸，什么都不会干，公司雇你们是为了赚钱的，不是养废物的。"

办公室里只有张靖在看报纸，他对这个久闻大名却很少见面的领导的"杀威棒"感到很不适应，他认为老总是在挑刺，于是腾地站了起来，瞪着眼睛向老总喊道："你凭什么说我是废物！我按时上班，及时完成工作，从来没有早退请假过，我的策划方案也做得非常优秀！办公室的卫生有保洁人员收拾，与我何干？"

张靖因为一直得到部门经理的器重，平时关于"尊重领导"的概念就非常淡薄，性子直，受不得半点委屈。而老总只看到了张靖表面上的闲散，误以为他不务正业，爱发脾气的他不能容忍这些。结果是张靖辞职了，之前已有别的公司大力挖他，他碍于部门经理的赏识而没有离开，这一次也彻底地断了他的犹豫不决。张靖手里有一个未公开的策划案价值不菲，这次离职跳槽后给别的公司带来了巨额利润，他的前老总只能扼腕叹息。这位老总的脾气让他损失了一员大将，让公司的利益莫名受损，实在是不智之举。

一个哲人曾说："能驾驭自己情绪的人，内心比拿得下一座城池更强大。"带领团队，管理好自己的情绪很重要，如果一个领导者连自己的情绪都没有办法控制好，那就别指望他能够带领好整个团队。很多时候，团队的情绪会受到领导者情绪的影响，团队情绪受影响，公司业绩肯定也会受到影响。

好的团队领导者必定是自己情绪的主人，他们不会随便让自己的坏情绪影响到他人，进而影响到与他人的关系。作为领导者，一定不能随意发脾气，不能随意把消极负面的情绪传递给团队。

做出业绩，让下属心服口服

如果一个领导者懦弱无能，那无论他怎样努力也是不可能树立权威的。领导者要想在团队中占有一席之地，进而树立自己的权威，就必须有所作为。当然，有所作为并不是指领导者要做个人英雄，更不是指领导者要自己唱独角戏，而是说领导者应该充分发挥自己的领导能力，身体力行地做榜样，为团队服务，做出业绩。

某公司的经理自上任伊始，一改前任领导做事拖泥带水的风格，决心整顿公司内部的事务，并制定了相应的政策，自己带头遵守公司的新规章，但效果并不理想。经过了解，他才知公司员工对他持一种观望态度，不太信任他的能力和专业水平。鉴于此，该经理决定亲临第一线，与销售人员一同奋战。1个月后，公司业务量大增，效益也大为改观，员工内部赞叹声一片。从此，大家都以该经理为榜样，勇于承担责任，积极主动干活，公司发展前景一片光明。

身处顺境中的领导者相对来说更容易做出一番业绩来，但如果身处逆境的话，许多领导者可能会被环境所左右，很难有所作为。更有甚者，还会被环境所同化，很可能从此一蹶不振。殊不知，领导者越是身在逆境，或者是面临危机时，越是能大有作为、树立权威。英国的社会心理学家布朗曾以旧式的机械与新式的机械来比喻说明无能的领导与卓越的领导之间的差别。老式的机械一旦启动，就会一直不断地运转，不管有没有功，它都无法依自我意志停止，除非是人为把它关掉或是停电。相反，新式的机械由于装有自动控制装置，所以它可以掌握环境中传来的各种信息，根据具体情况采取正确的操作。

无能的领导者就如同旧式的机械一样，根本无法接受外来的信息。所以这种领导者只有在团队的目的一致、运作顺畅时，才能产生带领作用。然而，卓越的领导者首先会让自己适应所在的环境，然后根据具体情况，想办法改变整个环境。在现代信息社会中，一个领导者应像新式机械一样，能根据外在环境的变化调整自身，从而促进环境的改变。这种做法，实际上是领导者树立权威的一个行之有效的途径。

卓越的领导者应该严格要求自己，多吃一点苦，多为下属承担一点工作，拿出一些举措来给大家看。只要用自己的行动干出实绩，下属自然会心服口服。俗话说，群众的眼睛是雪亮的。下属最讨厌的就是光说不练，只要领导者注意在实际业绩方面多做一些，给下属做个榜样，自然会在下属中建立起威望。

端起架子，有时候是必要的

在带领团队时，我们提倡平易近人，提倡以温和的态度对待员工，反对摆架子。平易近人、温和谦逊，固然能受到大家的拥护和爱戴，但适当地摆摆架子也绝非是一种坏的做法。有时它反而更容易树立权威，让你得到员工的追随，并把工作开展得有声有色。

很多时候，我们感觉摆架子会脱离群众，但“架子”绝不仅是消极、负面的东西，还有着积极的意义，是带领团队的一种有效方法。“架子”其实可以理解为一种“距离感”。许多上司正是通过有意识地保持与下属的距离，使下属认识到权力等级的存在，感受到上司的支配力和权威。而这种权威对于上司巩固自己的地位、推行自己的政策和主张是绝对需要的。

实践证明，如果领导者过分随和，不注意树立在下属面前的权威，下属很可能会因为轻视领导者的权威而怠惰、拖延甚至是故意进行破坏。因此，领导者通过“架子”来显示自己的权力，进而有效地行使权力，对于其履行职责也是十分必要的。

领导者通过“端架子”，可以使自己显得比较神秘。因为领导者处于各种利益、矛盾的焦点上，若想实现自己的目的，就必须适时掩藏自己。如果下属很容易就揣摩到领导者的心理，他就很可能利用这个来达到自己的某种目的，从而妨碍领导者管理意图的实现。而领导者不暴露自己的最好办法，莫过于增加与下属的距离，减少接触，使自己保持一种神秘的状态。

许多领导者最头痛的便是事无巨细都要亲自处理，而随和的言行会使下属产生一种错觉：这个上司好说话，是不是可以让他解决一下我的问题……这样的话，势必会使许多下属抱着侥幸的心理来请求上司的帮忙，而一旦不能满足的话，大家又会心生怨恨。因此，用这种轻易不可接近的“架子”可以避免琐事的烦扰，把更多的脑力用于谋划大事上。

用言语来端架子也是树立权威的一种方法。“我无权去……”，“这样做对我来说是不负责任的”，“我觉得这样做不恰当”，这三句话分别给人以有权威、负责任和正派的印象，但需要提醒的是，领导者大可不必用充满敌意的态度来说明自己的原则，应该表现出遗憾，必要时甚至可以辅以同情的泪水。下面几句话既可以表现同情，又不失办事原则：“就我个人而言，我很同情你，但你是知道那些规定的……”；“我已绞尽脑汁，可是实在是无计可施……”；“很不巧，我们没有这方面的规定……”；“真不好意思，我办不到”……这些语言技巧所有人都适用，也是领导者树立权威的有效手段。只有树立权威，才能带领好团队，团队成员才会有敬畏和服从。

对团队成员的期望应控制在合理范围内

带领团队，必须知道并了解每个成员的能力，对每个团队成员在团队中应该能达到的绩效有大致了解。我们知道，如果期望过高，彼此就会失望；如果期望过低，下属就会感觉自己不被尊重和重视，也会因为工作没有挑战而丧失工作激情。清楚了解每个人能达到的成绩，也就能让他们为这个目标全力以赴。

狮子对蚂蚁说：“我希望你今天能带来1克的食物。”

小马在旁边听到很不爽，不服气地问：“它的任务怎么那么少？为什么让我带100斤？”

狮子说：“因为你是马，而它是蚂蚁。你的躯体是他的躯体的几千倍。”

团队是能产生聚合力的。一个组织的奋斗目标是团队发展的灵魂，是组织前进的路标。联想集团总裁柳传志曾说：“中国有很多优秀的人才。这些人才好比一颗颗珍珠，需要一根线把他们连起来，组成一串美丽的项链。这根线就是企业的共同目标。这个目标能够引导大家为共同的追求去努力。”因此，组织目标必须明确，一旦目标确立，组织所有成员的行为都会自觉地为了达成目标而进行。

无论是团队目标还是个人绩效目标，都是有力量的，是能够产生动能的。所以，我们时常听到团队成员这样说：“为了达成目标，我愿意付出我所有的精力。”一个有着清晰目标的组织必然会有所成就，而目标不清晰的团队必定会一事无成。同样，在有着清晰目标的组织中工作，每个人都会全力以赴地去实现最好的绩效。

要想列出每人的绩效水准，就要求组织的目标应该具备可测性。这如同我们到郊外的河流中游泳，如果这条河流的深度不能被我们所带的工具测量，这就会打击游泳技术不好的人的信心；如果我们的身高有1.8米，而河水的深度只有1.6米，我们的安全感就会上升很多。可测量的目标就是明确、不模棱两可的目标，这也是目标内涵的一部分。我们应该要有一组明确的指标，以作为检查是否完成目标的依据。

要想了解每人的绩效水准，其实要沟通充分。肯斐尔德管理学院在20世纪90年代初期做的一项调查显示，三分之一的英国经理人不赞同公司的未来形式与方向。这份调查指出，如果要让高层管理团队共同实现公司的长远目标，团队成员间就必须有高品质的对话与信息分享。然而很多的领导者都忽略了这一重要环节。尽管大部分有能力的领导者都知道自己有责任为团队制定目标，但还是有不少团队领导者对如何使目标更清楚明确、如何将目标落实到团队成员的行动中毫无头绪。目标清楚明白，大家才能明白团队追寻的方向，才能使团队了解工作进度，才能激发团队成员的热情、好奇心、活力、创造力与能力。

要想了解每人的绩效水准，还需要在决策时吸引下属参与。团队目标的制定，可以由团队领导者一人负责，也可以由团队成员一起来完成，关键是应制定一个鼓舞人心的目标。一个鼓舞人心的目标，会把枯燥无聊的统计数据（这些数据通常就是行动目标）转换成振奋人心、激励团队成员投入大量心力与时间的行动力量。

在促进团队目标转化为执行动力的过程中，团队领导者应注意两个关键问题：帮助成员充分地认知目标；建立科学的绩效管理体系。团队领导者应该尽最大努力帮助成员正确认识团队目标的内涵和实现路径，帮助成员彻底领会行动方案的关键和秘诀，邀请他们参与到目标执行的程序设计工作中，引导他们从被动执行转变为主动为自己设定目标。成员一旦有了个人目标，就会产生更大的工作动力。

一个明确的目标能使个体提高绩效水平，也能使团队充满活力。明确的目标可以促进团队的沟通，还有助于团队把自己的精力放在有效的行动上。

在原则问题上不做墙头草

千里之堤，溃于蚁穴。在团队中，个别成员的做法、态度往往会影响到整个团队的状态。作为团队领导者，一定要懂得正确、及时地处理。

伊藤雅俊经营的伊藤洋货行以经营衣料买卖起家，食品这块比较弱。东食公司是专做食品的公司，岸信一雄是东食的得力干将。于是伊藤把岸信一雄挖过来做食品这块。

对食品业的经营有丰富经验、能力较强的一雄来到伊藤洋货行，宛如给伊藤洋货行注入了一剂催化剂。一雄的表现相当好，10 年间将企业业绩提高数十倍，使得伊藤洋货行的食品部门呈现出一片蓬勃的景象。

但是从一开始，伊藤和岸信在工作态度和经营销售的观念上就呈现出极大的不同。伊藤是走传统保守的路线，一切以顾客为先，不太与批发商、零售商们交际、应酬，对下属的要求十分严格，要他们彻底发挥自己的能力，以严密的组织作为经营的基础。一雄则非常重视对外开拓，常花费许多交际费，对下属也放任自流，这和伊藤的管理方式完全不同。

随着时间流逝，双方裂痕愈来愈深。伊藤无法接受岸信豪放粗犷的做法，因此要求岸信改善工作方法，按照伊藤洋货行的经营方式去做。但是岸信根本不加以理会，依然按照自己的方法去做，而且业绩依然达到了水准以上，甚至有了飞跃性的成长。自信满满的岸信，更加不肯修正自己的做法了。他声称："一切都这么好，说明这路线没错，为什么要改？"

双方的意见分歧愈来愈严重，终于到了不可调和的地步，伊藤看出岸信不想再与他合作，最终下决心将其解雇，惩一儆百，维护了企业的秩序和纪律。

岸信一雄业绩赫赫，却突遭解雇，在日本商界引起了不小的震动。舆论界大多站在岸信这边，批评伊藤蛮横无理。人们都为岸信一雄打抱不平，指责伊藤过河拆桥、卸磨杀驴。面对舆论的猛烈攻击，伊藤雅俊却理直气壮地反驳道："秩序和纪律是我的企业的生命，也是我管理下属的法宝，不守纪律的人一定要从重处理，不管他是什么人、为企业作过多大贡献，即使会因此牺牲战斗力也在所不惜。"

对于最重视纪律、秩序的伊藤而言，食品部门的业绩虽然持续上升，但是岸信的"治外权"如果一直存在下去，将毁掉过去辛苦建立的企业体制和经营基础，也无法面对众多下属。

领导者在原则问题上不能做墙头草。任何单位都有少数的刺头式员工，他们不服从管理、我行我素，有的还因敢跟领导对抗而"自豪"。他们也许能力不错，但触犯了企业的"天条"。对这样的人，团队带领者要敢下狠手，必要时需当机立断、严惩不贷，决不能拖泥带水。

不唯能力，要看合力

在团队内部，不乏一些能力强、水平高的员工，他们有创新意识，勇于接受挑战，是领导者的好帮手、团队的业务骨干。但这类员工往往由于业务做得比其他员工好而产生盲目的自信心理，在与同事相处时表现出优越感。其通常表现是，做事以自我为中心，我行我素，听不进反对的声音，一意孤行。这样一来，难免会引起其他同事的反感，严重时很可能会引发众怒。这种时候，领导者最好的办法就是忍痛割爱，请这个触犯众怒的业务骨干下课。哪怕他是一个能力超群的优秀人才，但如果犯了众怒，领导者也不得不壮士断腕。

李智是南方一家大公司刚上任的总经理。为了革新技术，李智特意聘请了年轻的工程师刘东。刘东早年在国外留学，毕业后一直在欧美工作，有丰富的理论和实践经验，是推动公司技术革新的理想人选。为说服刘东，李智亲自去美国把刘东接回来，让其任生产部经理。

刘东长期在海外养成的管理方式使公司员工有抵触情绪，加上其个性容易和别人发生摩擦，尤其是在与下属打交道的时候。刘东在进公司时曾明确表示，他不能容忍任何人干涉他的工作方式，包括李总在内。由于人才难得，李智答应了，并与公司高层进行了沟通。

李智是一个信奉民主管理的总经理，所以在各种方面比较照顾员工的意见和利益，这也是他获得大家信任的重要原因。另一方面，他也非常支持刘东在改善企业生产方面所做的努力。

刘东在进公司后提出了一项计划，这项计划将原本每个工人负责一台机器改为两个人负责三台机器，这样既可以减少一个人同时又不影响产量。实施这项计划还需要花不少的钱，但是最后的效果会很好。刘东保证新计划的花费可以在1年内收回。同时，这项计划的实施也意味着马上有三分之一的员工会成为牺牲品；留下的工人、中层干部的工作量将大大增加。这是一项会影响公司所有人的重大变化。

刘东的新计划提出后，立即遭到了公司很多人的反对。李智向大家承诺，实施新计划将不会裁员，公司可以用加薪的方式来解决增加的工作量。由于李智急于飞往美国与大客户谈判，因此在计划未实施前就离开了公司。临走之前，他授权刘东实施新计划。

得到李智的支持后，刘东全力地投入了新计划的实施中。但由于刘东常常与中层干部和工人直接接触，大部分工作都是现场处理，强力执行，双方的关系越来越僵。当李智从美国回来的时候，危机已经一触即发。虽然刘东计划的设备重新布置工作已经结束，但工人还是不同意这种安排。调整后的设备仍然是每人负责一台机器。

工人代表与李智进行了谈话，表达了大家对新计划的严重不满：大家不能接受三分之一的工人下岗，因为很多人都为公司服务了很多年，出去之后很难找到合适的工作；另外，技术革新后，增加的工作强度让人很难接受；代表还要求李智免去刘东的生产经理职务，否则，中层干部将集体辞职；他们还暗示已将此事告知董事长。

李智很快就接到了董事长的意见：“绝不能让工厂停产，如果现在的订单不能按时交货，公司将面临巨额的赔偿金。”

此时，李智不知如何是好，看来工人们已经和董事长有过沟通。如果工人们真的停工的话，董事长一定会接受他们的要求，甚至牺牲自己。另一方面，从生产经理的职责出发，刘东真的十分称职，而且是自己亲自把他请来的，也一直支持他的工作，现在能够牺牲他吗？

李智经过认真分析、仔细考虑之后，决定让刘东离开。尽管刘东的技术和管理能力强，但他容易与人摩擦的管理风格以及他对工人漠不关心的做法，显然与整个公司的传统和文化格格不入。再加上新计划的影响实在太大，并不具备真正实施的条件，所以，生产经理刘东必须辞职，尽量以最优待的方式来处理。

一名优秀的工作人员，除了才华之外，还要具备很多其他的条件，才能真正获得成功。在这个案例中，刘东成了新计划的牺牲品。尽管面子上无光，刘东也应当理解这次教训对自己的重要意义。时下，一些青年才俊往往恃才傲物，目中无人，忽略人际关系的重要性。这样的人往往会在工作中到处碰钉子，成为危机的牺牲品。

尽管刘东十分委屈，但也应当接受这个事实。身为领导者的李智，应当从中吸取教训：必须选择合适的人担任重要职务，犯众怒的骨干无法委以重任。考察员工时不能唯能力，还要看他的人际关系处理水平；两者皆优，才有利于团队形成合力。

为别人的成就打上聚光灯

彼得·德鲁克说：领导就是把一个人的眼界提到更高的水平，把一个人的成就提到更高的标准，使一个人的能力超越他平常的限制条件。德鲁克认为，只要有正确的领导方法，员工的潜力是无限的。著名科学家爱因斯坦也曾说过："与应有的成就相比，每个人只能算是'半醒者'，大家往往只用了自己智慧的一小部分。"因此，最好的带团队之道就是鼓励和激励下属，让他们了解自己所拥有的宝藏并善加利用，发挥最大的能力。

张安国是北京一家公司的总经理，也是一位精于带领团队的领导者。他很少介入具体的管理工作，也很少和厂商打交道，甚至连厂商都不认识他，他更倾向于把人员组织起来后把事情分配下去，最后考核结果。只有发现结果不大对劲的时候，才会去看一看这人有没有选对。张安国很不喜欢介入到具体事情中。

张安国有7个知根知底、合作多年、十分能干的副总，所以他可以什么具体事务也不用管。"我不可能帮他们做他们分管业务的事，我的思路可能和他们不一样。我做浅了，他们不满意；我做深了，又可能会对他们的风格产生影响，这样更麻烦。"

张安国经常出差，会去各专卖店转转。"不是具体指导他们做什么，只是和经理们聊聊；也不解决什么问题，别人一提什么问题，我就说，这事你跟副总经理李为说说。我要做的主要是人际方面、理念方面的沟通，以及看看不同城市市场的变化情况。"真正需要张安国做的事，通常是和人谈项目、谈合作、沟通联络等。白天，张安国可以自由安排自己想做的事，给专卖店经理打打电话、上网逛逛或者看看报，他有时一看报纸就看半天。

张安国是不是总能如此地潇洒清闲？他是这么说的："有些事情急的时候也很急，贷款没有如期下来，那也是焦头烂额的。但这个急不是企业具体事务的急。我所做的都是单件事情，而且是由我来出面比较好的；他们出面比较好时，我肯定不管。出了问题，肯定是他们的事，我一管，他们的责任心反而下降了。"

当然，没有副总们的精明能干，他也不能如此超脱。当企业发展到一定规模的时候，确实需要领导者从具体烦琐的事务性劳动中解脱出来，去考虑更为宏观的事情。只有当事情没法分派给别人做的时候，张安国才亲自做。张安国十分推崇一句话："能不能随时离开这个部门，是你是否已经管理好这个部门的唯一标准；能不能随时离开这个公司，是你是否已经管好这个公司的唯一标准。"

张安国对自己的优缺点认识得非常清楚，他承认自己是有能力缺陷的企业家。他认为自己并不是一个最好的领导者，所以愿意寻找能力互补的人一起建立职业管理团队。虽然业内对张安国知之甚少，对其下属的名字更熟一些，但这正是张安国要的效果。他擅长的是找到每项业务的最佳领导者并使该项业务做到极致。

正如一位成功的企业家所说："如果最高领导者从来都不让他的副手分享领导权力、分享成功荣誉，而是把功劳全往自己身上堆，那谁还会跟着他干呢？除非是傻瓜。"

张安国的事例告诉我们，他的成功诀窍就是"让别人成为英雄"。领导者必须有这样一种胸怀，为别人的成就打上聚光灯，而不只为自己。

诚信，打动人心的绝佳武器

1号店在选拔人才时，于刚坚持的第一个原则就是诚信。"绝不让不守诚信的人进入1号店。"在于刚看来，诚信是做人的基础，也是做企业的基础。做事先做人，这一点毫不含糊。尤其是在电子商务行业，顾客在网上购物看不见摸不着实物，诚信做事变得更加重要。

有一次，1号店在招聘市场部经理，其中一个小伙子新鲜的思路让于刚他们感到兴奋。人事部决定让他再往前走一步，就让他拿出一个具体方案。这个小伙子答应在面试的那周内一定会将具体方案发送给于刚。可到了下一个周三，于刚还是没有收到那个小伙子发来的具体方案，他还为此打电话，询问小伙子是否发错了邮箱。结果小伙子说自己太忙，忘记写了，要求再给他几天时间。于刚当即就告诉他："你不用写了，你将自己的承诺当儿戏，也不要期望别人认真。若有特殊情况没完成时可事先通知我们一声，我们也可理解。"在于刚看来，小伙子这种不守承诺的行为违背了1号店坚持诚信的原则，因此当即放弃了这个候选人。

还有一次，于刚在招聘一个广州分公司的总经理时，面试了一个小伙子，认为他思维敏捷，还有过自己创业的经历，管理经验也丰富。双方通了电话后，小伙子立即从广州飞到上海和于刚当面谈，于刚也因此感受到了他的激情和诚意，因此决定给他offer。但在做尽职调查时，1号店直接打电话去小伙子以前工作过的公司的人事部，发现他伪造简历，他其实在那家公司工作了不到4个月就离开了，可在他的简历上写的却是1年，还夸大说在此时间内建起了一个几十人的团队，将销售业绩翻了数番。于刚当时很庆幸自己做了深入调查。在通知那个小伙子被1号店拒招的决定后，小伙子一天内打了数次电话向于刚解释他离开该企业的原因是因为和老板闹别扭，并说自己如何珍惜进1号店的机会，说自己是如何喜欢1号店的理念。于刚当时在杭州开会，但他每次都耐心地接听小伙子的电话并告诉他："你现在还年轻，人生路还很长，不诚信也许会为你赢得一时，但诚信会为你赢得一生。"

像这样的例子其实还有很多，每一个都充分证明了于刚在"诚信"这一点上的坚持。

"诚则立，信则久"。"诚"是所有道德的根本，不诚无以为善，不诚无以为君子。做事情没有诚信的话，多半也成功不了；不以诚信对待他人，到最后也难以获得他人的真心。在企业管理中，真诚地对待员工，你会牢牢抓住他们的心，让他们死心塌地地跟着你干。有了这样的团队，企业的执行力和业绩也能提升上去。

诚信，是一个人、一个企业的通行证，也是笼络人心、有效管理员工的绝佳武器。诚信是企业的生存之本，是企业基业长青的基础。作为管理者，应该重视诚信。

第九章 刚柔并济，俘获得力干将

给压力，也给奖励

台塑集团创办人王永庆的经营管理之道备受推崇。如今，很多企业家都将王永庆的管理经验当作最为实用的教科书。曾有外国记者这样评价王永庆："他的行事手段近乎残忍，对工作细节和工作时间毫不留情地苛求。他手下的管理人员若换成西方人，恐怕早被他折磨死了。"

王永庆有个习惯，就是每天中午都会在公司里吃一盒便当后便在会议室里召见各部门的主管。他先听他们的报告，然后会提出很多细微而又犀利的问题问他们。各主管人员为应付这个"午餐汇报"，每周工作时间不少于70小时，因为他们必须对自己所管辖部门的大事小事都了如指掌，对部门中出现的问题进行认真的分析研究，才能够过关。

一个主管说道："因为跟董事长(王永庆)一起开会，主管们的压力很大，董事长问的问题很细，所以大家的资料都要准备得非常充分。即使主管们无法回答董事长的问题，也不会遭到所谓的严厉批评，但是，有那么多主管一起开会，自己如果回答不了的话也会不好意思，所以大家都要尽量准备，压力很大。"

由于在吃饭的时候压力过大、过度紧张，台塑的很多主管人员都患有胃病，医生们戏称是午餐汇报后的"台塑后遗症"。

在台塑中，管理人员和员工们对王永庆的印象是：他是一位"非常仁慈、管理非常严的董事长，他对下属非常好，但工作上的要求很严格"。事实上，王永庆每周的工作时间都在100小时以上。整个庞大的企业都在他的掌握之中，他对企业运作的每一个细节也都了如指掌。

王永庆这样做，就是人为地使企业整体有压迫感，让台塑的所有工作人员有压力，使得全体员工动起来。在他的观念中，压力管理并不仅仅是管理层对下属施加压力进行管理，而是企业本身就要有压力，只有在压力下，企业才会有长足的发展。在一次研讨会上，王永庆曾说："如果台湾不是地域如此狭窄，发展经济深为缺乏资源所苦，而台塑可以不必这样辛苦地致力于谋求合理化经营就能求得生存发展的话，我们能否做到今天PVC塑胶粉及其他二次加工均为世界第一，不能不说是一个疑问。今天台塑能发展到营业额年逾1000亿元台币的规模，就是在压力逼迫下一步一步艰苦走出来的。"

如今，台塑的规模越来越大，生产PVC塑胶粉粒的原料来源是一个越来越严峻的问题。台塑在美国有14家大工厂，但台塑与拥有尖端科技的美国对手竞争，压力之大可想而知。王永庆始终坚信"一勤天下无难事"，他一贯认为承受适度的压力，甚至主动迎接挑战，更能充分体现一个人的生命力。

压力是必要的，但是合理的激励机制也是不可缺少的。王永庆对员工的要求虽近乎苛刻，对员工的奖励却极为慷慨。

王永庆给员工们的激励方式有两种，一种是物质的，一种是精神的。台塑的金钱奖励以年终奖金与改善奖金最有名。王永庆私下发给干部的奖金称为"另一包"，是公开奖金之外的奖金。"另一包"又分两种：一种是台塑内部通称的"黑包"，另一种是给特殊有功人员的"杠上开包"。1986年黑包发放的情况是：课长、专员级员工拿新台币10万—20万元台币；处长、高专级员工拿20万—30万元台币；经理级员工拿100万元台币。同时，给予特殊有功人员200万—400万元台币的"杠上开包"。业绩突出的经理们每年薪水加红利能拿到四五百万元台币，少的也有七八十万元台币。此外，台塑还设有成果奖金。对于一般职员，则采取"创造利润，分享员工"的方法。员工们都知道自己的努力会得到相应的报酬，因此都拼命地工作。

王永庆非常体恤员工，凡是员工们合理的要求都会尽量满足。有一天，有位主管红着脸到王永庆的办公室报告公事，见到王永庆后这位主管先坦白，由于前一天晚上与客户喝酒，残酒未退，加上腮腺炎的影响，脸才会红红的。王永庆不高兴地说，不会喝酒就不要喝，但仍询问这位主管有没有去就医。主管说已到长庚医院脑神经科就医。王永庆说："那样看不好，科室不对。"随后，王永庆拿起电话，打给台塑集团控股的长庚医院，要求马上为这位得腮腺炎的主管挂号。

台塑集团能取得如此辉煌的成就，是与王永庆善于用人分不开的。多年的经营管理实践令王永庆总结出一套科学用人之道，其中最为有效的是"压力管理"和"奖励管理"这两个法宝。

善于批评，给员工带来触动

大多数的领导者，通常是把批评的重点放在指出员工"错"的地方，但却不能清楚指明员工应该怎么做才"对"。在指责员工的同时，领导者也应该指出如何做才是正确的，这样才能更具有说服力。员工心悦诚服地接受领导者的批评，并根据批评积极主动地去改掉错误才是批评的最终目的。

松下幸之助的创业经历相当传奇。最初，他只是一个火盆商店的小伙计，后来创办了松下公司，经过几十年不懈努力后，最终使松下成为世界知名的公司。在松下公司的高速发展中，管理高效率显然是必需的。松下幸之助是一个在管理上不浪费一丁点时间的人，他在员工面前恩威并施。在批评员工时尽管他态度暴躁，口吻严厉，但却是直言不讳，以理服人。

他曾经这样说："每个人都会犯错误，即使是一些职务很高的人也不例外。对于我们公司管理人员所犯下的错误，我决不会视而不见，对他们采取姑息宽容的态度。相反，我要提出书面批评，提醒他们迅速改正。"批评的目的是使员工下次做得更好，这是松下幸之助果敢批评的根本出发点。他对下属的批评就事论事，不是抱怨和责备，是用更加积极的态度指出下属所犯的错误，以理服人。

有一次，一个中层干部犯了错误，松下幸之助把他叫来后，对他说："我把你所犯的错误以及如何改正全写在这个书面批评中了。当然，如果你对我的批评不以为然，那么，你可以拒绝接受；如果表面附和我但内心不满，那么，你可以当作我们今天没有这个谈话；如果你心服口服，真心实意地认为我的批评的确有道理，那么，请你认真考虑一下我提出的改正意见。"

这个中层干部的态度很真诚，愿意接受指导，就把书面批评从松下手中接过来，认真地看了一眼。然后说："我都明白了。"松下接着问："是真的明白了吗？是从心底里接受这种改正意见吗？"他回答："是的，因为你提供了一个更为高效的工作解决方案，这是我之前所没有考虑到的。如果你的方案不好，我会和你讨论，甚至反对。因为我们是就工作讨论，而不是关于个人事务。"松下一听，很高兴，说："这太好了。我十分高兴你能听不一样的意见。"

这位中层干部后来成了松下最为出色的下属之一。后来，松下幸之助说："也许我批评人的这种方式不合乎常理，使人难以接受。不过，令人欣慰的是，那个中层干部心悦诚服地接受了批评，而且果真成了一名优秀的管理人员。"

其实，无论是多么有能力的人，也只有在别人的批评下才能获得进步。赞美和夸奖只能使人陷入荣誉的虚幻之中，容易看不到自己的不足。松下曾经对他批评的管理人员说："被人批评是一种幸运。"他毫不掩饰自己的羡慕，"假如能够有人这样向我提出批评，我会由衷地感到高兴。但是我想，假如我做错了事，恐怕你们只敢在背地里议论，而绝对不会当面指出我的不足。你们这样做，势必会使我在不知不觉之中重犯错误。职位越高，接受批评的机会就越少。你们的幸运就在于，有我和其他领导监督你们、批评你们。这种机会对我来说是求之不得的"。

我们都知道，病人有病大多数是从疼痛开始发现的。医生诊病，也是通过询问病人哪儿不舒服、哪儿痛入手。在此基础上再通过其他的科学手段来确诊。人是不喜欢痛的，但痛是反映身体出现问题的一个征兆，如果没有痛的征兆，就很难提前发现病情，更不能对症下药。这样就失去了发现疾病和治愈疾病的好机会。

痛则思变，不痛也就不会去追求改变。与治疗疼痛一样，在员工成长、发展的过程中，也会出现这样那样的问题，但有时单靠自身很难发现并进行调整。这就需要领导者让员工警醒，使员工发现问题并及时改正。在此基础上，领导者再扮演医生的角色，帮助其治疗。

要知道，一团和气有时不能完全解决问题。领导者要敢于批评、善于批评，这样才能给员工带来触动，员工的进步可能也就越大。

严格地考核，才能正确地评价

甘于平凡、安于现状的话，会让团队成为一潭死水，最后丧失竞争力。怎么办？考核！考核不是摆设，不是为了考核而考核，考核的目的在于激发团队工作的积极性、增强团队的战斗力和企业的竞争力。因此，考核要适度地让员工感觉到压力。没有考核压力的员工会变得懒惰、消极、不思进取，而有考核压力的员工自然会保持负责之心和进取之心。

明朝初年的吏治属于清明时期，这与朱元璋的个人经历不无关系。他认为，如果没有清明的吏治、干练的官风，社会就难以安定，自己辛苦打下的江山，难免又要落入异姓之手。朱元璋为了澄清吏治，采取了不少行之有效的方法。对官员施行的考课制度就是其中重要的一项。

朱元璋亲自制定并颁布了《授职到任须知》，对地方官吏的职责做出明确、详细、具体的规定，把地方的公务分为“祀神、制书榜文、吏典、印信衙门、狱囚、起灭词讼、田粮、仓库、会计粮储、各色课程、鱼湖、金银场、窑冶、盐场、系官房屋、书生员数、耆宿、官户、境内儒者、好闲不务生理、犯法民户”等31项，逐项开列地方官员应负的责任和应注意的事情。在某个应注意事项中，他还会列出许多具体要求。例如“狱囚”，不但要了解已结案件的多少、在押犯人的数字，还要“知入禁年月久近。事体重轻。何者事证明白。何者取法涉轻。明白者、即须归结。涉疑者、更直详审。期在事理狱平、不致冤抑”。

朱元璋把对官吏的考课具体分为考满和考察两种办法。考满是仿照古代所谓“三载考绩、三考黜陟”之制，规定内外官在9年任职期内三年一考、六年再考、九年通考，具备其一，即可升转。考核评语有三种，“称职”“平常”和“不称职”，据以决定升降。一般降职者少，升迁者多。考察则分为京察与外察两种。京察即对京官的考核，根据官员的具体表现来决定升降。外察是对外官的考察。1378年，朱元璋令吏部在殿堂上考核朝觐官的政绩，“称职而无过者为上，赐坐而宴。有过而称职者为中，宴而不坐。有过而不称职者为下，不预宴，序立于门，宴者出，然后退”，此后便成定制。在明初，考察的结果一般都是罢黜多而升迁少，正好可以借机换置新员，令能者上、庸者下。

明初对官员的考课以及根据考课结果制定的陟罚臧否，调动了官员的积极性，约束了官吏们的行为作风，对明初的吏治清明起到了积极作用。明初的有些官员纵使无甚才干也能循规蹈矩，不敢胡作非为。其主要原因就在于朱元璋制定的逐级审查的考课制度。

任何事业的成功，都有益于组织成员的积极性和紧迫感。只有严格地考核，才能对下属进行客观的评价。“干和不干一个样，干多干少一个样，干好干坏一个样”的大锅饭思想，是不良组织的最大弊病。只有让员工感到有压力，员工才会积极主动起来。

把共存共荣的道理讲给员工听

美国石油大王保罗·盖蒂通过其一生的经营生涯，总结出四种类型的员工。

第一类，不愿受雇于人，宁愿冒风险创业，自己当老板。他们在当雇员时，表现很出色，为日后自我发展积蓄力量。

第二类，虽然他们充满了创意和干劲，但不愿自己创业当老板。他们较喜欢为别人工作，宁愿用自己出色的表现换取为企业创造的利润。一流的推销员与企业的高管均属这类人员。

第三类，不喜欢冒风险，对老板忠心耿耿，认真可靠，满足于安稳的薪水生活。他们在稳定的收入之下表现良好，但缺乏前两类人爱冒险、进取与独立工作的精神。

第四类，他们对公司的盈亏漠不关心，他们的态度是当一天和尚撞一天钟，凡事能凑合、过得去就行了，反正他们关心的只有一件事，那就是按时领到薪水。

保罗·盖蒂认为第一类员工的才干是突出的，能用其所长，避其所短，可以为企业发挥重大作用。第二类员工是企业的中流砥柱，保罗·盖蒂以各种办法激励他们努力为本企业效劳，让他们有强烈的企业归属感。

保罗·盖蒂也十分珍惜爱护第三类员工，他把他们安排在各级部门当副手，逐步提高他们的薪资待遇，想方设法稳住这支基本队伍。对于第四类员工，保罗·盖蒂要求各级管理人员对他们严加管理，要求他们端正态度，为企业发展多出力。

有一次，保罗听到下属某家企业的汇报情况，知道该公司很有发展潜力，但营运状况很差，亏损严重。盖蒂经了解后很快找出症结所在，这家公司的3位高管无成本与利润的观念，他们完全属于第四类人。

为了改变这家公司的现状，保罗略施小计。他在发薪水之前，特意交代会计部门克扣那3位高管的薪水各5美元。他还吩咐会计部，若他们有异议的话，就叫他们直接找老板。

果然不出保罗所料，发薪水后的1小时内，那3人不约而同地跑来找保罗理论。保罗严肃地对他们说："我已经调查过公司的财务报表，发现上年度有好几笔不必要的开支，造成公司几万美元的损失，但我没有看见你们采取任何补救措施。如今，你们每人的薪水只不过少了5美元，却急不可待地要求补上，这是怎么一回事？"

那3位高管瞬间无话可答，听完保罗这番严厉的教训后，他们反省了自己，开始改进自己的工作。其中两人很快研究出加强企业管理的措施，严格地执行了成本与利润的核算观念。另一位没有改进表现的高管在不久后便被保罗辞退了。

员工如果没有团队归属感，只是把公司当成混日子的地方，做一天和尚撞一天钟，心里头只盘算自己的个人利益，势必会与公司的总体发展目标相抵触，有时甚至会阻碍公司向前发展。

建立相应的奖惩机制，把员工的切身利益与企业发展的整体利益相挂钩，才能避免出现员工对企业整体利益漠不关心的情况。企业发展得好，人人都有益处，企业发展得不好，人人都受损失，形成员工与企业共存共荣的局面，才能从根本上解决个人利益与整体利益脱钩的状态。

适时威慑，带来畏惧感

作为一个团队领导者，应该让下属对自己有所畏惧，这样才能够让他们服从管理。有些自恃有一定专长或自恃短期内很难被替代的员工，往往难以管束，视企业规章如无物。对于这种员工，领导者一定要实施严格的管理，让其知过而改。

作为团队的领导者，也许每个人都希望拥有孙悟空那样的员工，因为他能为你披荆斩棘，让你的企业在激烈的市场竞争中始终技胜一筹。然而，如果孙悟空真的在你身边，你又不得不忧虑，他桀骜不驯，很难与其他员工和谐相处，又过于情绪化，偶尔再踢翻个炼丹炉，弄出一座火焰山，倒成了你前进的阻碍。

像孙悟空这样同时具有惊人的创造力与破坏力的员工，既然舍不得他，那么该如何降伏他，让他乖乖听话呢？这种时候，对他进行适当的威慑，让他产生一些畏惧感，不失为一个好方法。

北京某名牌高校计算机专业毕业的林申苏有非常强的专业技能，当初某知名IT公司也是看中了他的专业和才华而把他强力争取过来。但是林申苏为人一向清高桀骜，自恃有着高于常人的才华，来到公司后不久，就处处与自己的部门经理对着干。公司发现这种情况后，决定采取措施。恰好公司在这时接到一个单子，为某公司开发一套系统集成软件。这是一项非常艰巨的任务，当时公司就决定让林申苏作为核心成员来负责这个项目，让部门经理帮他做一些相关的沟通和协调工作。

工作开始进行时，林申苏处处不把部门经理放在眼里，不仅不好好配合，还处处刁难该经理。鉴于这种情况，公司决定给予林申苏一次严厉的警告，并把他从核心成员的位置上撤了下来，让该项目组的另一位成员来负责。林申苏只能做一些辅助性的工作，并且必须严格服从项目负责人和部门经理的工作要求。

对此，林申苏非常不服，但又不想离开工作条件如此优渥的公司，只能默默地听从公司的安排，气焰也随之消减了许多。部门经理把这一切都看在了眼里，主动约林申苏进行沟通。经过与部门经理的一番沟通，林申苏才意识到了自己的不对。公司人才济济，绝对不缺少一个人才，之所以没把自己辞掉，是因为公司念及自己的才华。想到这里，林申苏有些后怕，幸亏公司只是给自己一个处罚而没有将自己辞掉，否则就失去了一个难得的发展平台。

经过这次事件后，林申苏的工作态度开始变得谨慎、谦和了起来，工作业绩也有了很快的提高，不久后就开始独立负责公司的重要项目，为公司的发展作出了许多成绩。

每个领导者都希望手下有几个能干的下属，可以放心地把工作交给他们。但是总有一些有业绩、有能力的干将，自恃学历高、工作能力强，在领导者面前狂傲不羁，不遵守企业的制度和纪律，甚至在公开场合顶撞领导、戏谑其他同事。这些员工给企业的管理工作造成了很大的负面影响。

如何才能管理好桀骜不驯的能人，是让每位领导者很费脑筋的问题。领导者太柔，则员工易骄，难以控制；领导者太强硬，则员工易怨，凝聚力不足。这种时候，领导者可以借鉴刘邦治萧何的方法，不时地给他们一些下马威，让他们从心里对你产生一丝畏惧感，这样就可以让他们收敛一下。只有恩威并施，方能御人于股掌之中。

找到榜样，激励大家进步

要激发团队的气场，榜样的力量是无穷的。要找到公司内部的千里马，让千里马成为团队的榜样。树立的榜样标准要明确，这个标准要让大家认可。成功吸引成功，用正确积极的观念、勤奋真诚的态度，带给所有人一种积极向上、热情洋溢且富有组织号召力的感受。让每个员工自然浸染其中跟着成长，形成一种人人争先的局面。

美国国防工业的巨头诺斯洛普·格鲁门公司将其CEO肯特·克雷萨当作公司团队发展的榜样。当时，诺斯洛普·格鲁门公司在诚信方面声誉很差，但肯特·克雷萨的领导团队却成功地扭转了公司形象，重塑了一个在公众心目中执行力强大的企业。

他是怎么做到的呢？在整个过程中，肯特其实是个示范者，一开始，他就向员工们清楚地讲明了自己对道德规范、价值观以及行为方式的看法，也表达了对企业重塑形象的期待。他用自己的行动为大家树立了榜样，并始终如一地将其传递给合作者。他的成功在于创造了一个讲诚信、富有执行力的环境。在这个环境中，企业的所有领导者都在为发展而努力。

美孚石油公司之所以能够在世界商业史上留下精彩的篇章，其发展秘诀就在于公司领导者为团队找到了千里马，让广大员工找到了学习目标，从而使自己的服务和产品更加趋于完美。

1992年，美孚石油的年收入就高达670亿美元，真正是富可敌国。不过，在辉煌的业绩面前，美孚石油的领导者并没有感到满足，依然保持着很强的进取心，他们希望自己的服务做得更好。于是，他们在1992年初做了一个调查，试图开发公司的成长新空间。当时美孚石油询问了加油站的4000位顾客，对他们来说什么是重要的。结果发现，仅有20%的顾客认为价格是最重要的，其余80%的顾客还想要三样东西：一是快捷的服务速度，二是能够一心为客户着想的友好员工，三是能够认可他们的消费忠诚度。

针对客户的这三种需求，美孚石油把它们分为速度、微笑和安抚3个小组。美孚石油的管理层认为，论综合实力，美孚石油在石油企业里已经独步江湖了，但要把这三项指标拆开来看的话，美孚并不能领先所有的企业。于是，他们就下达了一个任务：3个小组各自寻找自己的学习目标，找到在这方面的优秀企业，找到速度最快、微笑最甜和回头客最多的标杆企业，以标杆企业为榜样改造美孚石油遍布全美的8000个加油站。

经过公司全体成员的努力，他们找到了在单项指标上比他们做得更好的企业。速度小组锁定了潘斯克公司。这家公司是给“印第安纳波利斯500英里大奖赛”提供加油服务的。每当电视里在转播大赛时，观众都会欣赏到这样的景象：赛车风驰电掣般冲进加油站，潘斯克的加油员一拥而上，赛车在眨眼间加满油后绝尘而去。电视机前所有的观众都能够在瞬间感受到潘斯克公司员工的服务速度。速度小组把它当成学习的目标。

微笑小组寻找的是跨行业的企业，他们锁定了丽思·卡尔顿酒店作为温馨服务的标杆。丽思·卡尔顿酒店号称全美最温馨的酒店，那里的服务人员总保持招牌式的甜蜜微笑，所有入住过的旅客都对这家酒店印象深刻，把在这里住宿当成美好的回忆，这个酒店也因此获得了不同寻常的顾客满意度。

全美公认的回头客最多的是家庭仓库公司。安抚小组将它作为标杆。他们从家庭仓库公司学到：公司中最重要的人是直接与客户打交道的人。这个观念颠覆了美孚石油管理层以往的认知。他们曾经把那些销售公司产品、与客户打交道的一线员工看作是公司里最无足轻重的人。家庭仓库公司的经验告诉他们：领导者的角色就是支持这些一线员工，使他们能够把出色的服务和微笑传递给公司的客户，传递到公司以外。

潘斯克、丽思·卡尔顿酒店、家庭仓库公司，这些都是行业内的“千里马”，他们以最完美的服务在行业内一骑绝尘。美孚石油把他们当作自己的学习目标，在经过标杆管理之后，加油站的平均年收入增长了10%。

为下属提供一个可供学习的标杆，他们才能向标杆看齐。没有英雄的团队意味着集体平庸，为团队找到学习榜样，就能促进其他员工达到最高标准。

末位淘汰，激发工作欲望

在一个团队中，总有两类人：第一类，能力突出，工作积极努力，为了团队利益来回奔波拼命；第二类，工作消极，不尽心尽力，坐享团队利益。如何保持团队积极主动的工作欲望？末位淘汰是个好办法！

末位淘汰制是指企业根据其总体目标和具体目标，结合各个岗位的实际情况，设定一定的考核指标体系，以此指标体系为标准对员工进行考核，根据考核的结果对得分靠后的员工进行淘汰的绩效管理制度。

27岁那年，格雷格·苏德兰斯被解雇了。从大学毕业后，他就在芝加哥附近一家卖酒的公司当销售助理。苏德兰斯开着那辆现代索纳塔汽车整日奔波于74号州际公路，把一箱箱酒卖给酒店，每周工作35个小时，领着约4万美元的年薪。

但是不管工作多么拼命，他从未完成过定额。终于，在一个寒风刺骨的夜晚，上司把他叫到了后台办公室。在苏德兰斯甚至还未坐下时，上司就开始大喊大叫，责备他妨害了经营利润，还对苏德兰斯的职业道德心存怀疑，然后告诉苏德兰斯："你被开除了！"

一名主管自始至终保持沉默，等到上司说完了，他拍拍苏德兰斯的肩膀，说了几句鼓励的话，然后就叫他走人。在一起做销售助理的4个年轻人当中，苏德兰斯是唯一被解聘的，因为他的业绩太差。

尽管末位淘汰制在管理学界中存在很大争议，但现在欧美的大部分企业都采用这种方式来精减人员。中国也有很多企业效仿采用，实践证明末位淘汰制对绩效管理有着明显的提升作用。

美国佛罗里达州的金腰带公司每3个月对所有销售人员进行一次业绩评定，再依次进行职位调整。6名销售副总监中业绩最差的一位自动降为普通业务员，业绩最好的业务员自动上升为副总监。即使降职的副总监与倒数第二名只差1分也有可能被降级。这种制度弄得人人自危，每个销售副总监都兢兢业业地工作，生怕自己一不留神就出局。即使是每个赛季销售业绩都在前三名的副总监也时时有被淘汰的危险，从不敢放松努力。结果，在实行末位淘汰制1年后，该公司的业绩比前一年提高了60%。

身为一家轮胎厂老板的巴辛从报纸上看到末位淘汰制的报道后，深受启发，他认为这种末位淘汰制起到了鼓励先进、鞭策后进的积极作用。于是，他决定将这一方法借鉴到自己企业的管理中。第二天，他在公司部门经理会上宣布：“本公司将全面推行末位淘汰制，我所说的末位淘汰制的具体内容就是：公司授权在座的各位部门经理，在年底之前对各自的下属进行全面的考核、打分、排名次；然后，各部门要根据考核后排好的名次，辞退掉名次排在末位的两名员工。”

命令一下，原本如一潭死水的公司顿时沸腾了。为了避免自己被解聘，所有的人都拼尽了全力。也正因为如此，使得巴辛原本已陷入危机的轮胎厂又重新充满活力，快速发展了起来。

微软公司内部向生产效率高的员工提供高额的薪水，员工的提拔升迁完全取决于个人成就。同时，微软公司采取严酷的定期淘汰制度，每半年考评一次，并且将淘汰5%的员工。正因为以上措施，微软公司才能在多年的激烈市场竞争中处于不败之地。

由此可见，末位淘汰制可以刺激员工创造最优秀的业绩，它是员工从“要我做”变成“我要做”的动力，它把一股鲜活的力量注入了企业内部，让员工能够保持很高的工作效率，同时还把那些不适合企业环境、缺少工作能力的、影响企业效益的员工淘汰下去，不但精简了员工队伍，使企业的负担大大减轻，还使以后的各项措施得以更好地实施。

企业不是慈善机构，需要效率及效益，实行末位淘汰制能将企业内冗员、不适合岗位要求的人员以及损害企业利益的人清除出去，是保持企业效率、保障企业利益的必要手段。员工没有压力的话，企业可能会变得越来越难管理。所以，尽管这看上去有些残酷，但却是推动企业快速向前发展、不断提高效益的有效途径。

不犹豫，该严惩的要严惩

走在大街上，我们会看到有一些人全身都散发着“我很优秀”的能量，人们愿意跟他们交谈，很容易信任他们；而有的人却好像是把“衰”写在脑门上一样，人们只要靠近他，就会感觉到压抑和失落。团队也一样，如果团队给人的印象是积极的，那别人就愿意与我们合作，否则就会让人避之不及。

如果一个高效的部门里，混进一匹害群之马，就会全盘破坏组织的健全功能。下面这个小故事很好地说明了这个道理。

两匹马各拉一辆大车。前面的一匹走得很好，而后面的一匹常停下来东张西望，心不在焉。于是，人们就把后面一辆车上的货挪到前面一辆车上去。等到后面那辆车上的东西都搬完了，后面那匹马便轻快地前进，并对前面那匹马说：“你辛苦吧，流汗吧，你越是努力干，人家越是要折磨你，真是个自找苦吃的笨蛋！”

来到车马店的时候，主人说：“既然只用一匹马拉车，我养两匹马干吗？不如好好地喂养一匹，把另一匹宰掉，总还能拿到一张皮吧。”于是，主人把这匹懒马杀掉了。

几乎任何企业团队中，都会存在几个“刺头”员工，他们往往不会为组织增添多少成果，反而会拖团队的后腿，将事情弄得更加糟糕。这就是团队中的害群之马。

领导者不要忽视一两个害群之马的破坏力，他们会使一个高效的部门迅速变成一盘散沙。我们总说，破坏比建设容易。一个能工巧匠花费时日精心制作的瓷器，一秒钟就会被破坏掉。如果一个团队中有一匹害群之马，即使拥有再多的能工巧匠，也不会有多少像样的工作成果。作为领导者，遇到这样的情况，若想保持团队的高效，你只有一个选择，按下清除键，迅速将其清除掉。杰克·韦尔奇处理害群之马的方式非常干脆。

每年，通用电气公司的高管都被要求将他们团队的人员进行分类排序，其出发点就是强迫公司的高管对他们领导的团队进行区分。他们必须区分出在他们的组织中，最好的20%是哪些人、中间的70%是哪些人、最差的10%是哪些人。

如果他们的管理团队有20个人，那么公司就要知道，最好的4个和最差的2个都是谁——包括姓名、职位和薪金待遇。表现最差的员工必须走人。

韦尔奇把员工分为A、B、C三类，C类是“烂苹果员工”，即害群之马。

A类是指这样一些人：他们激情满怀、思想开阔、富有远见。他们不仅自身充满活力，而且有能力带动自己周围的人。他们能提高企业的生产效率，同时还使企业经营充满乐趣。

B类员工是公司的主体，也是业务经营成败的关键。我们投入了大量的精力来提高B类员工的水平。我们希望他们每天都能思考一下为什么他们没有成为A类员工。经理的工作就是帮助他们成为A类员工。

C类员工是指那些不能胜任自己工作的人。他们更多的是打击别人，而不是激励；他们更多的是使目标落空，而不是让目标实现。领导者不能在他们身上浪费时间，那对团队没有任何好处。

韦尔奇规定，在区分出这三类员工后，要按照类别进行奖惩。A类员工得到的奖励应当是B类的2—3倍，公司还会给予A类员工大量的股票期权；每年也要确认B类员工他们的贡献，并提高工资，大约60%—70%的B类员工也会得到股票期权；至于C类，不但什么奖励也得不到，还要承担被淘汰的后果。

很多领导者会认为，剔除落后的10%的员工是残酷或者野蛮的行径。这是一种曲解，事实恰恰相反。平庸的员工对于优秀团队来说是一种破坏，对于其本身也并没有什么好处，让一个人待在一个他不能成长和进步的环境里是真正的“假慈悲”。找出你团队中的害群之马，毫不犹豫地清除掉，你会发现团队的面貌会发生积极可喜的变化，业绩也能有大幅的提升。

宽恕下属的错误，赢得员工的忠诚

领导者对于下属的过失一定要宽容，这样才能赢得下属的追随和拥戴。这里的过失是指并非因为主观意图而犯的错误。由于人的能力有限，可能考虑不周，难免会造成失误，并非其主观意图所致。对这类错误，容之，则宽其心，去其疑；不容，则使其谨小慎微，不敢进取。领导者应该有宽容之心。

“春秋五霸”之一的楚庄王，有一次邀宴群臣，要众人不分君臣，尽兴饮酒作乐。当君臣正打成一片时，突然一阵风吹熄灯火，全场一片黑暗，有人趁机调戏楚庄王的爱妾。爱妾扯下这个人的冠缨，暗中向楚庄王诉苦：“请大王赶快把灯点燃，只要看到谁的冠缨断了，就可以证明谁是调戏妾的人。”

楚庄王却说：“咦，寡人不是宣布这是一个不拘礼节的酒宴吗？怎么可以因为这件事而让我的臣子受辱呢？”楚庄王大声地宣布：“谁不扯断冠缨，就要接受重罚。”当灯光再亮起，群臣都已经拔去冠缨，无法找出谁是调戏楚庄王爱妾的人了。

两年以后，晋军大举攻楚。这个时候，有一名将领勇往直前，杀敌无数，全军都向他看齐，终于击退晋军。楚庄王召见这位将领说：“此次战役多亏你骁勇奋战，鼓舞士气，才能打败晋军。”将领却泪流满面地说：“臣就是在两年前的酒宴中调戏大王爱妾的人，当时大王能够保全臣的名誉，不予处罚，还为臣解围，才使臣不至丢脸。从此以后，臣就决心效忠大王，等待机会为大王效命了。”

许多领导者对待犯了错误的下属，不是将其调走，就是降级使用，或是不再给予其重要的工作。其实，下属犯了错误，最痛苦的是其自身，应该给其改正错误的机会。

通用电气的一位部门经理由于在一笔生意中判断错误，使公司损失了几百万美元。公司上下都认为这个经理肯定会被炒鱿鱼，这位经理自己也做好了被炒的准备。他向总裁检讨了错误并要求辞职。然而杰克·韦尔奇却平静地说："开除了你，这几百万元学费不是白花了？"此后，这位经理埋头于工作，为公司创造了巨大的经济效益。

按理说，这位经理造成了这么大的损失，开除也不为过，至少在某些领导者那里一定会被狠狠训斥一顿。但这样的话，就会造成下属与自己对立的局面，不仅剥夺了下属改正和证明自己的机会，还会损害下属的忠诚度。

宽恕下属的错误，不仅能使员工知错就改，从内心出发真正愿意去改正错误，还能让下属对领导者产生感恩之心。这样，领导者反而能轻而易举地获得了员工的忠诚。

领导的微笑，就是员工的力量

这里所讲的微笑，是一种发自内心的、真心实意的、令人感到温暖和愉快的微笑。人们的表情是完全受情绪支配的，内心不愉快，强装的微笑也是虚假的、难看的，一眼就可以看出来。那么，如何使心情保持愉快，使脸上总是留着笑容呢？特别是那些肩负重任、工作繁忙、脑子里时刻想着问题的领导者是如何做到这一点的呢？

例如，两人同在一个地方，做同一件事情，彼此有同样多的金钱与声望——而一个会痛苦，一个会快乐，为什么？因为心境不同。领导者对下属的态度也是一样，同一个下属，有的领导者觉得可爱，有的领导者却感到讨厌，两个领导者在下属面前表现的是截然不同的两种态度。为什么？因为两个领导者对下属的看法不同。领导者对下属要笑口常开，一定要经常想下属的优点和长处，不要老是想着下属的缺点和错误。

当领导者走进自己的部门，即将和许多下属见面的时候，脑子里应该想着下属们做出的许多成绩、许多贡献，想他们的许多优点，而不要一直想着其中一个表现不好的下属而心有不快。然后，抬起头来，注视四周，用微笑向下属们问候，集中精力与下属们握手。

当领导者与下属谈话的时候，应该想到眼前的是一个优点很多的下属，或者是一个虽有缺点，但也有优点的下属。特别是与那些工作业绩不好，或者犯了错误的下属谈话时，除了极个别问题特别严重、使人极为气愤的下属之外，脑子里不要老想着他是改不了、无可救药了，而应该想到后来者可以居上，浪子可以回头，要尽力控制自己的情绪，以免脸色难看。

在与别人谈到下属的时候，也要注意使自己保持愉快的心情，表现出高兴的脸色。如果领导者脸色不好的信息传到下属的耳朵里，也会使下属感到不愉快，甚至产生怨恨。

有人说这不是强装笑颜吗？从某种意义上可以说是。因为在某些情况下，下属的行为本来就已经使领导者心情不愉快，甚至愤怒了，领导者极力压制这种情绪，以免脸色难看甚至丧失理智，这确实是“强装”了一下子。但对下属来说，这没有什么不好。当上司和颜悦色地指出员工的过错时，员工作为他的下属，将是怎样的心情呢？退一步说，应该不至于反认为上司是在讨好你，让你厌恶吧！应该说，这种“强装”是一种美德，一种应该大大发扬的美德。

领导者对每个下属微笑，每个下属也会对领导者微笑。这种微笑，能产生巨大的精神力量；这种力量，是一个部门搞好工作、搞好生产的最可靠保证。

第十章 抓大放小，尽人之智

下君尽己之力，上君尽人之智

对于团队领导者而言，能够把工作交给下属是一件非常重要的事情。只有把工作任务交给下属去完成，才能提高下属的工作技能，能给自己留出更多的时间进行整体规划管理。

韩非子说："下君尽己之能，中君尽人之力，上君尽人之智。"一个领导者若想成为"上君"就一定要懂得授权，不必事必躬亲。有些事放手交给员工去干的话，不仅能让员工的潜能得到自由发挥，员工还能感到领导者对他的信任，使他们更加努力地为公司工作。

杰克·韦尔奇把授权看作是必需的管理技能。他认为，掐着员工的脖子的话，是无法将工作热情和自信注入他们心中的。领导者必须松手放开他们，给他们赢得胜利的机会，让他们从自己所扮演的角色中获得自信。当一个员工知道自己想要什么的时候，没有任何人能够挡住他前进的道路。

在工作中，有的管理者为了管理好员工，让他们按照自己的意图去做事，就对员工的一举一动都横加干涉，企图让员工完完全全地按照自己的意思去工作。殊不知这样会严重地影响员工的主观性和创造性，即使能够保证完成任务，但却会大大压抑了员工的想法，束缚住员工的手脚，最后造成员工的工作压力过大或离职。

杰克·韦尔奇曾说："我的工作只是向最优秀的人才提供最合适的机遇、最有效的资源配置而已。交流思想、分配资源，然后让他们放手去干——这就是我的工作实质。"

在杰克·韦尔奇出任通用电气总裁时，当时的美国管理界普遍存在着这样一种共识：领导者的工作是监督下属认真工作，到处举办公司会议，在基层和高层管理者之间建立信息通道，以确认公司的各个部门和环节运行正常。

杰克·韦尔奇对这种观念深恶痛绝。上任伊始，他就开始驳斥这种传统的认识。他认为采取这种方式的领导者都是些官僚管理者，思想陈旧、传统。过多的管理会促成懈怠、拖拉的官僚习气，会把一家朝气蓬勃的公司弄得死气沉沉。对于这种因循守旧的做法，杰克·韦尔奇历来都是采取抵制的态度。

通用电气是一家多元化的公司，拥有众多的事业部，员工成千上万。如何有效地管理这些员工，使他们的生产效率最大限度地提高，是杰克·韦尔奇一直苦苦思索的问题。经过实践，他最后得出“管理越少，公司情况越好”这样一个在他看来是最正确而且也必定会有效果的结论。因此，他坚持用这种思想来管理公司。通用电气用持续增长的业绩证明他的这种思想是正确的、伟大的。

合理的授权才能解放自己，作为团队领导者，你不需要做过多具体的工作，而要在“修身”“做人”上当好榜样，就是“做给下级看，带着下级干”。实际上，一个领导是否优秀，不在于他本人亲自做了多少事，而取决于他是否善于让他人干事、能干事。

领导要善于从全局出发，抓住大事、要事，例如考虑工作目标、制订工作计划、计划如何改革创新、如何安排人事等。对于一些无关大局的小事、琐事则不用操心，要善于区分大事与小事，把主要精力用在抓大事上。要知道，没有哪个员工会为你考虑全局问题，如果你不注意抓大事，总是陷入日常事务之中的话，就会因小失大。

能力不同，工作也要不同

所有人都说千里马是马中极品，于是有一个农夫就花了几年积蓄在市场上买了一匹千里马。回到家中后，农夫却发现实在没有什么事需要千里马去完成，便让它和一头驴子一起拉磨。千里马被囚禁在磨坊里拉磨，每次拉磨时总是会很不老实地折腾一番。农夫很生气，就用鞭子使劲抽打它，没过几日，千里马就被活活打死了。有了这次经验，农夫再也不买千里马了，为了和驴子搭配，他又买回了一匹骡子。骡子和驴子很和谐，干起活来，搭配得很好，磨坊的效率很高。

有一天，农夫得了急病，需立即送到城里救治。家人拉出了骡子，骡子在磨坊里磨叽惯了，任凭农夫的家人使劲抽打它，也始终跑不快。抽打得急了，骡子就更加放慢了速度，最后索性在原地转起圈来了。家人无奈，只好迁就着骡子，晃晃悠悠地赶往城里，因而延误了治疗，农夫落下了后遗症。回来后，农夫一怒之下宰了骡子。

看完了这个故事，大家就会明白：农夫其实就像企业的总经理，千里马、骡子、驴子是企业的员工。这里面，千里马最优秀，但是因为被放置在不合适的工作环境里，活活被折磨死。骡子本来也是很优秀的人才，和驴子搭配后，能够为企业赢得很高的经济效益。但骡子却被抽调去拉马车，这本是千里马的长项——结果，骡子也死在它不适合的岗位上。

合适的人在合适的位置上才能发挥效用，现在很多领导者常感叹手下无人可用，其实他不明白：没有平庸的员工，只有平庸的管理。领导者要人事相宜，因人而异，为不同类型的员工安排不同的工作。

放手让经验丰富的“上将型”员工独立做一些具有挑战性的工作。这类员工经验丰富，能力卓越，领导者可以尽管放手让他们完成工作。同时，因为这类员工具有很强的能力，他们往往自视较高，应给予这类员工充分发挥的余地和空间，让他们感到被重视，实现自我价值。

为具有一定经验的员工安排较有决策力的工作。应不时观察他们的工作进度，但要顾及他们的敏感心理，不露痕迹地进行观察。领导者应重视表扬和期待的正面力量，要对“良卒型”员工进行正面的鼓励，尽量少用或不用负面的批评。

为没有经验的员工提供学习机会。这类员工常常是刚进公司的年轻人，他们在公司中不算少数。作为一名领导者，切不可忽视这类员工的存在，因为他们中的优秀人才能支撑起公司的未来。领导者要做的正是发掘这类员工，给他们机会，锻炼和提拔他们。缺乏经验不等于缺乏能力，应该帮助年轻员工树立信心，指导他们成长。

为“边角料型”员工提供特殊岗位。这类员工让领导者十分头疼，用之不济，弃之可惜。这类员工常常少言寡语，不大合群，从来不主动找领导谈话，对于公司来说，他们近乎局外人。但是当公司面临紧急任务、特殊任务时，往往是他们大显身手之时，这使他们成为应急求援的好对象。其实，这样的员工对于企业来说也是一笔财富。高明的领导者能通过有效的管理让这类员工充分展现自己的特殊才能。

总的来说，在一个企业里没有石头般的员工，有的全是金子似的人才。而如何让这些金子发出耀眼的光芒，主要是看领导者把这些金子放在什么位置。只有把合适的人才放在合适的位置，这些人才能散发出金子的光芒。

人事相宜，遍地开花

一个合格的团队领导者要善于用人，要充分发挥团队中每个成员的聪明才智，让他们不断提高和进步。不能光会跟着干，要人人都能独当一面，为他们以后带团队打下基础。有了能带团队的团队，人才才会遍地开花，企业才能持续发展。

有一位乡村邮递员名叫希瓦勒，他每天奔走在各个村庄间。有一天，他在崎岖的山路上被一块石头绊倒了。他发现，绊倒他的那块石头样子十分奇特，他拾起石头，左看右看，有些爱不释手。于是，他把那块石头放进了邮包里。回到家后，他端详着这块石头，突然产生一个念头，如果用这些美丽的石头建造一座城堡，将会多么美丽啊！

20多年后，在他偏僻的住处，出现了许多错落有致的城堡，有各种各样的造型。当地人都知道有这样一个性格偏执、沉默不语的邮差在做如同小孩建筑沙堡一样的游戏。

1905年，美国波士顿一家报社的记者到此地采访，偶然发现了这城堡群，为之惊叹不已，并为此写了一篇介绍希瓦勒的文章。新闻刊登后，希瓦勒迅速成为新闻人物，许多人都慕名前来参观他的城堡，连毕加索也专程赶来参观了他的建筑。

在众人看来满山遍是的石头，其价值几乎可以忽略不计，但邮递员希瓦勒竟用这些石头建造了奇迹般的城堡，价值不可估量。如何来解释这种价值的巨大变化呢？

在经济学上，任何物品要成为商品并拥有价值，都必须具有可供人类使用的价值，毫无使用价值的物品是不会成为商品的。一块普通的石头，在人们把它用来建筑房屋、修公路等的时候，它的使用价值是很有限的；可当一块石头被赋予“愿望”的标签时，就具有了稀缺性，这些“有愿望的石头”在邮差巧手下被建成错落有致的城堡，不仅具有使用价值，还有了欣赏价值，具有了稀缺性，价值自然大幅增加。

这与德尼摩定律有着异曲同工之妙。每个人，每样东西，都有一个最适合的位置。领导者应让成就欲较强的优秀员工单独或牵头完成具有一定风险和难度的工作，并在其完成时给予及时的肯定和赞扬；让依附欲较强的员工更多地参加到某个团体中共同工作；让权力欲较强的员工担任一个与其能力相适应的管理职位。同时，领导者应加强员工对企业目标的认同感，让员工感觉到自己所做的工作是值得的，这样才能激发员工的热情。

在现实工作中，常常存在这样一些管理误区。领导者根据企业制度安排人的职位，不善言辞的员工被安排去组织展销会，点子多的员工却被安排去做财务……这也使得许多员工的优势得不到发挥，不仅浪费了企业的人力、物力，还打击了员工的工作积极性。将人安排在适合的位置上，达到人事相宜，是德尼摩定律的一项重要原则，也是团队领导者的管理法宝。

群体决策，共同参与

许多企业的重大决策通常只由几个人甚至一个人来决定。这种决策方式会带来风险：由于决策者掌握的信息有限，造成决策的严谨性与周密性不强；由于决策者对未来形势的变化估计不足，导致了错误的决策假设；由于决策者大多数不是一线执行人员，缺乏可执行性。因此，让更多相关人员参与到决策中来，能够最大限度地保证决策的正确性。

群体决策是避免决策误区、避免决策失败的预防针。顾名思义，群体决策机制就是决策过程的广泛参与性，强调的是民主，而不是一言堂，不是由一个人说了算。比如，在制订战略计划时，不仅是企业的高层全部参与，而且还要让那些与战略执行相关的人员参与进来，比如战略的实施人员、相关领域的专家、各个部门的主管和代表等。

群体决策机制带来的好处是，在制定决策的过程中就赢得了广泛的情感支持，参与决策和执行的人不会把决定看成是上级的指示，而是看成“我们”共同的意见。但是群体决策机制也会带来风险：一是因为过于强调民主而使决策过程变为平衡各家意见的过程，致使决策结果平庸化；二是因为过于鼓励不同观点而使决策的讨论过程成为争权夺利的过程，降低了决策效率；三是决策过程越民主，决策的过程就越长，团队领导者会因此而失去耐心，会在匆忙中作出决定，使决策机制没有起到正面作用，反而出现了负面作用。

在南北战争爆发后不久，美国前总统林肯开始为选任军事统帅而发愁。为了解决这个问题，有一天，他将内阁中最重要的成员召集至白宫会议室。会议一开始，林肯就向大家强调：外面战火轰隆，我们的会议一定要有效率，我们要在今天为已经操练3个月的8万士兵找出一个优秀的统帅。

在林肯的要求下，内阁大臣们纷纷发表了各自的意见。不一会儿，几个人便激烈地争论起来。在大臣们的讨论过程中，意见逐渐变得清晰，有人推荐史考特将军，有人推荐麦克多维尔。由于推荐的候选人不同，这些内阁大臣们分成了几派，不同派别之间针锋相对，相互指责对方推荐的候选人的不足，场面气氛十分紧张。

被选任的人将承担最为重要的职位——北方军队的统帅，这个职位能够左右美国未来的命运，林肯和内阁成员们制定的选人规则是只有在三分之二以上人的同意下，候选人才能被任命。由于这个规则的存在，会议从早上一直开到晚上，但由于始终不能使三分之二以上的人的意见保持一致，最终仍是毫无结果。

虽然群体决策存在缺点，但显然要比一个人独裁、单人负责拍板定案的方式稳妥得多。现代企业面临的是一个环境复杂而又变化多端的局面，要想在竞争激烈的商场中立于不败之地，就需要领导者提高决策的正确性。领导者要想最大限度地避免决策失误，就需要充分发挥集体的智慧，建立科学的群体决策机制，用集体智慧来保证决策的成功。

注意大节，不拘小节

金无足赤，人无完人。古往今来，大凡有见识、有能力，能够成就一番事业的人，往往有着与众不同的个性，他们不仅优点突出，缺点也明显。一个领导者如果处事、用人过于清正，就会显得不讲情面，不通情理，不能宽容人的缺点。一个能让下属乐意追随的领导一定要有容人之量。俗话说“宰相肚里能行船”，行大事者不拘小节，就是这个意思。

如果明察秋毫，就很容易让人觉得难以和你相处，愿意跟随你、和你共事的人就会越来越少，孤掌难鸣，最终难成大事。

这个道理，说起来很简单，但为什么有些领导在对待下属的时候，仍常横挑鼻子竖挑眼呢？其中的原因很复杂，但主要是因为不能辩证地看待人的优点和缺点、长处和短处，求全责备。

美国南北战争之始，林肯以为凭借北方在人力、物力、财力上的绝对优势，加上战争的正义性，短期内即可扑灭南方奴隶主军队的叛乱。于是，林肯按照他平时的用人原则——没有大缺点，先后任命了三四位德高望重的谦谦君子作为北军的高级将领，想利用他们的道德感召力，用正义之师打败南方奴隶主军队。但事与愿违，这些没有缺点的将领在战争中却很平庸，很快便被李将军统率的南方奴隶主军队一一击溃。

预想不到的败局引起了林肯总统的深思。他认真分析了敌军的将领，从贾克森起，几乎没有一个不是满身都有大小缺点的人，但他们却善于带兵、用兵，勇敢机智、剽悍凶猛，这些正是战争需要的素质。反观自己的将领，忠厚、谦和、处世谨慎，这些作为做人的品格是不错的，但在充满血腥的严酷战争中却不足取。从这个角度出发，林肯力排众议，毅然起用格兰特将军为总司令。

命令一下，众人皆哗然，都说格兰特好酒贪杯，难当大任。对此，林肯笑道："如果我知道他喜欢喝什么酒，我倒应该送他几桶，让大家共享。"林肯知道北军将领中只有格兰特是能运筹帷幄的帅才，要用他的长处，就要容忍他的缺点。这是严酷的战争，不是教堂里的说教。因此，当有人激烈反对时，林肯却坚定地说："我只要格兰特。"后来的事实证明，格兰特的任命，成为美国南北战争的转折点。在格兰特的统帅下，北方军队节节取胜，终于扑灭了南方奴隶主集团的武装叛乱。

对林肯用人原则的前后变化，美国著名的管理学家杜拉克在《有效的管理者》一书中有一段精彩的评述。他说："倘要所用的人没有短处，其结果至多只是一个平平凡凡的组织者。所谓'样样皆是'，必然一无是处。才干越高的人，其缺点往往越明显。有高峰也有低谷，谁也不可能是十项全能。”“一位领导者仅能见人短处而不能用人之所长。从而刻意挑其短而非着眼于展其长，这样的领导者本身就是一位弱者。”

对待别人太苛刻的人，只能落得个孤家寡人，众叛亲离，也不可能很好地用人，也没有人愿意与这样的人共事、为其效力。综观历史上那些深得人心的领导者，都是深抱宽容之心，广有纳天下之度的人处人用人，该糊涂时糊涂，该清醒时清醒。

人尽其才，团队更有战斗力

搭配人才，是领导者的必修课。将各种各样的人才合理搭配，既能让每个人各展所长，又能让组织结构务实高效，还能让整个团队更具有战斗力。通常来说，一个团队中要有这样一些人才：有高瞻远瞩、多谋善断、具有组织和领导才能的指挥型人才；有善解人意、忠诚积极、埋头苦干的执行型人才；有公道正派、铁面无私、心系群众的监督型人才；有思想活跃、知识广博、善于分析的参谋型人才……如果团队中全是同一种类型的人才，那肯定搞不好工作。只有合理地搭配人才队伍，才能做到人尽其才、各展所长，整个团队才更具战斗力。

李嘉诚就是一个精于搭建科学高效、结构合理的人才队伍的优秀领导者。在他组建的公司领导班子里，既有具有杰出金融头脑和非凡分析本领的财务专家，也有经营房地产的老手；既有生气勃勃、年轻有为的中国人，也有作风严谨、善于谋断的外国人；既有公司内部的高参、助手和干将，也有企业外部的智囊、谋士和客卿。可以说，这个团队里既结合了老、中、青的优点，又兼备中西方的色彩，是一个行之有效的合作模式。

价值连城的钻石和普普通通的石墨，一个坚硬无比，一个柔软细腻，但两者的构成元素却是一样的。同为碳原子，仅仅因为排列的不同，就产生了截然不同的两种物质。同样，合理安排人才的组合方式，既能让每个人才超水平发挥，也会使整个人才队伍的能量呈几何级数增长。

一台发动机或者一辆汽车，甚至一架飞机，拆散了不过是一堆机械零件和螺丝钉，没有计划、没有组合地堆积在一起，只能算作一堆废铁。正因为组合得好，所以才价值不菲。用人如用药，老中医因为熟悉各种药材的药性，配药得当，常能取得奇妙的功效。同样，对于每个下属在能力、性格、爱好等方面的不同特点，领导者也要心中有数，这样才能将各种各样的人才合理搭配，使得个人和队伍都能够发挥出最佳的效果。

唐太宗就很注意合理搭配使用人才。他将手下个性迥异、能力有别的人才一个个都放在了适合的位置上，从而使得人才队伍构成合理、组织结构务实高效。房玄龄处理国事总是孜孜不倦，知道了就没有不办的，于是唐太宗任用房玄龄为中书令。对于国家大事，房玄龄能提出许多精辟的见解和具体的办法来，但却不善于决断。杜如晦虽不善于想事，却善于对别人提出的意见进行周密的分析，精于决断。于是唐太宗将他们俩搭配起来辅佐自己，从而形成了历史上著名的“房谋杜断”的人才结构。

此外，唐太宗任用敢于犯颜直谏的魏徵为谏议大夫，任用文才武略兼备的李靖为刑部尚书兼检校中书令，都做到了人尽其才、才尽其用。房玄龄、魏徵、李靖等人的合理搭配，既各得其所，尽展风采，又让大唐初期的这个管理层在历史上有口皆碑。

$1+1=2$，这是尽人皆知的简单数学，可是用在人才的组合使用上却不一定。如果搭配得恰当，$1+1$不但等于2，很可能等于3、等于4，甚至1000、10000。可是，如果调配不当，$1+1$不但可能等于0，还可能得出负数。所以，领导者不但要考虑到下属的能力，还要特别重视人才的搭配，要合理才行。

授权不偏颇，才能真正管理得高效

一日，东京某饭店的豪华餐厅里，有一位从美国来的外宾对送来的牛排不太满意，他认为这个牛排熟得太透。于是，他叫来服务生。服务生用极其谦恭的态度认真倾听他的抱怨后，对他说：请您稍微等一下，符合您口味的牛排马上就能上来。说完，服务生立即拿走牛排，继而吩咐厨房按照客人的口味另烤一块送来。

乍看上去，这是一件很不起眼的事情。但是，在这个事情的背后，是这家饭店正在力推的组织变革。饭店的老板认为，服务生是直接面向客人的，应该给服务生更大的权限来服务于客人。于是，我们就看到这个场景：服务生无须请示任何人，能够自主地为客人解决问题。整个饭店的运行效率因此而大大提高。

授权是一种有效的管理之道，这不仅提高了员工的积极性，还节约了管理者的时间。企业的领导将任务交给员工去处理时，他就会有更多的时间去处理别的事情。当然，授权一定要把握度，就像放风筝，该放时要放，该收时就要收。

授权不是下放领导者的所有权力。重大方针政策的监督检查权、决策权、例外事项的决策权不应下放，否则，授权就成了放弃领导。

许多领导者虽然有心授权，但却无法准确地掌握授权的范围。在企业管理中，有些事情是不适合放权的，放权过度，就会对领导者的管理权力造成威胁。

有一天，王媛媛跑来问上司，问是否能早点下班去看望朋友。但是她来得很不是时候，上司正在填写一份公司的机密报告。“我现在很忙，不要来吵我！”上司不耐烦地把手一挥，“有什么事就跟大张说吧。”大张是该部门的资深职员。于是王媛媛就来到大张的办公桌前说：“我今天想早点下班去看望朋友，领导叫我来请示你。你觉得可不可以呢？”

大张一时之间显然是有些错愕，愣了老半天之后才说：“我想应该没关系吧，不过你该做的工作要先做完才能走。”“谢啦。”王媛媛很愉快地走开了，没有注意到大张脸上的困惑表情。让大张感到不解的是，这已经不是第一次了。在过去的一个月里，有好几个同事都曾过来向他请示，让他在受宠若惊之余又不禁觉得满头雾水，只好一律批准。

几个月以后，部门主管逐渐发觉手下无论碰到什么事情都不来找自己，反而去请示大张，仿佛他才是领导，这时主管才觉悟到由于在授权时的轻率，使得自己“大权旁落”。尽管后来他开始有意收回相关权力，但大张的影响力已经无法遏制。

需要授权就充分授权，不能授权的，领导者就必须将权力牢牢把握在自己手中。大体来说，以下的这些工作可以考虑分配给下属去做：

可以提高下属办事能力的工作。比如收集某些统计数据、重新检讨该部门的工作、提出未来的发展计划等。

一件完整的工作，而且有明确的责任归属。如果只是让他们来“蹴一脚”，对提升他们的成就感将毫无好处。

只需关起门来思考就可以自行决定的单纯事务，而且有一套明确的判断标准可资依循，不致因个人主观因素而产生失误的工作。

以下的这些工作则不应授权给下属去处理：

只有主管才能过问的事务，像员工的薪资调整方案、部门的年度生产目标，以及若干涉及组织业务机密或是较为敏感的事件。

并非完整的一件工作。因为这类工作不易分清责任归属。

单调而琐碎的例行性业务。

需要召开会议才能决定的事务。

领导者不是甩手掌柜，必须担负相应的职责。授权不是一味地将工作全交给下属，而是有选择地授予下属；领导者真正的高效不是因为少干，而是干好最重要的事情。因此，领导者一定要对自己职责范围内的工作按重要程度进行规划和分析，找出哪些是可以授权给下属的、哪些必须是自己亲力亲为的，这样才能使授权不出现偏颇，才能真正实现高效的管理。

谨防逆向授权

授权是由领导者指给下属的吗？领导者们从来不曾怀疑这一点，尽管有关授权的教科书不厌其烦地告诉人们授权是主管和下属的互动，是一种团队游戏。但这也并不能改变一个事实，即授权标志着主管将自己手中的权力部分地转移传授到下属手中。

真正令人奇怪的是，领导者有时会成为下属们授权的对象。领导者把适合下属能力的任务，连同完成这项任务所需要的权力一齐给了下属。但下属冷不防地又把球踢给了领导者，但领导者却未必意识到这一点，结果还是自己做了这项工作。

这就是某些下属自觉或不自觉地玩的一种把戏——逆向授权。下面这种情形相信很多人都不会感到陌生：一位领导正经过走廊，看到他的一名下属从走廊另一头走过来。下属向领导打招呼说："您好，我们碰到一个问题，您看该怎么办？"下属开始详细地说明这个问题。最后领导者说："现在很忙，我要想一下再给你答复。"然后两个人就分开了。

这个领导的做法显然不足取。有些领导者成天手忙脚乱，他的办公室里总是排满了向他请示工作的人，这些人是他属下的各个部门的头头，他们把本该由他们自己去决定的事一股脑儿都推到了领导头上。而这位领导者在逐一替他们做决定、拍板时，非但没意识到他是在替他的下属工作，反而可能还沾沾自喜，沉迷于受到尊重的感觉之中。

下属们的逆向授权即使不是故意所为，也是潜意识里的产物。他们这么做或是为了减轻自己的工作负担，或是为了绕过难题，或是为了逃避责任，或纯粹是工作的惯性，还没有注意到授权带来的工作的变化。当然也不能排除员工带有恶意的嫌疑。譬如说，当一件重要的工作需要赶紧完成时，即使别人不愿帮助那个拖延工作的人，但最终还是会去帮他。正是人的这一弱点，给了逆向授权的人以可乘之机。

美国山达铁路公司总经理史特莱年轻时努力工作，但却不知怎样去支使别人工作。一次，他被派去主持设计某项建筑工程。他带了3个职员至一低洼地测量水的深浅，以便知道机器该下到多少米才可以建起坚固的石基。

当时史特莱才20岁出头，资历尚浅，虽已有几年在各铁路测量队或工程队服务的经验，但独当一面指挥别人工作，尚属第一次。他极想为3个职员做出表率，以提高工作效率，在最短的时间内完成工作。所以，开始的第一天，他埋头工作，并以为别人一定会学他的样，共同努力。

谁知道那3个职员世故甚深，狡猾成性。他们见史特莱这么努力，便假惺惺地奉承史特莱的工作优秀，自己却袖手旁观，几乎一事不干。工作进度当然难以达到史特莱预先的期望。

史特莱思索了一晚，发觉自己措施失当，知道自己若将工作完全揽在身上，则他们无须再努力。第二天工作时，史特莱便改正了此前的错误，主要在指挥、监督他们，不再事必躬亲。这一次果然成效显著。

高明的领导者不会允许这种事情的发生，更不会纵容下属这种不负责任的行为，他们会把球巧妙地踢回去。当下属请示该怎么办时，他们会反问道：你认为可能的办法有哪些，你觉得哪一个办法更好些，能说一下理由吗？记住，你是领导者。然后，在某个适合的场合，领导者应重提这件事，或明或暗地转告下属：不要试图逃避责任，如果事事都要由我来决定，你们根本没有在这里的必要了。领导者必须明确要求下属承担起他们的责任，否则就会出现整个团队只有领导一个人在做、其他下属全部在看的情形。这显然是不利于团队发展的。因此，身为领导者，必须注意防止逆向授权。

用人之长，容人之短

唐朝大臣韩晃有一次在家中接待一位前来求职的年轻人。此人在韩晃面前表现得不善言谈，不懂世故，脾气古怪。介绍人在一旁很是着急，认为肯定无录用希望，不料韩晃却留下了这位年轻人。韩晃从这位年轻人不通人情世故的短处之中，看到了他铁面无私、耿直不阿的长处，于是任命他为监库门。年轻人上任以后，恪尽职守，库亏之事极少发生。

清代有位将军叫杨时斋，他认为军营中没有无用之人。聋子，可被安排在左右当侍者，可避免泄露重要军事机密；哑巴，可派去传递密信，一旦被敌人抓住，除了搜去密信，也问不出更多的东西；瘸子，宜命令去守护炮台，可让他坚守阵地，很难弃阵而逃；瞎子，听觉特别好，可命他战前伏在阵前听敌军的动静，负责侦察任务。

韩晃、杨时斋的用人故事说明用人只要得当，扬长避短，偏才们也能起到全才的作用。

关于人才的标准，领导者都能达成共识。比如说，工作主动积极，具有远大的志向，具有创新精神，具有顽强的工作作风。但是，在真正选择人才时，领导者很快会发现，人的个性是千差万别的，这些美好的品质很难集中在一个人身上。在具备工作所需的某种优点的同时，也会存在着一定的缺点。

人的成长受多种因素的影响和制约，必然有优点也有缺点。事实上完美的人才是不存在的，也正是这一缺陷考验着每一位领导用人的能力。一个不合格的老板，只会用人之短，而不会用人之长；一个优秀的老板，则会用人之长，而不过分关注人之短。

企业全才难得，偏才易寻。企业领导不要把用人的目标局限在寻求全才上，而忽略了用偏才。实际上，长处和短处之间并没有绝对的界限，许多短处之中蕴藏着长处。如有的人固执、不随和，但他必然是有主见、不会随波逐流的人；有的人办事缓慢、不灵活，但他往往是有条有理、踏实细致的人；有的人性格孤傲、我行我素，但他可能是个有创意的人。

人之长处固然值得发扬，而从人之短处中挖掘其长处，由善用人之长到善用人之短，这是用人的艺术。有些公司领导，让爱吹毛求疵、不讲情面的人去当产品质量监督员；让一些喜欢斤斤计较的人去参与财务管理；让爱道听途说、传播小道消息的人去当信息员；让性情急躁、争强好胜的人去搞销售……结果反而变消极因素为积极因素，大家各尽其力，公司效益倍增。

每个团队都有一些条件稍差的职员，领导者千万别把他们当累赘，合理利用的话他们就是人才，就是企业的财富。应当提醒的是，领导要注意对偏才进行教育和改造，磨磨棱角，使他们更能适应单位的要求。其实，改造偏才的棱角如同择菜一样，要弃其短处，扬其长处。领导者的高明之处，就在于长中见短、短中见长，无论长与短都能合理地安排，使各类人才优缺互补，相互协作，加强企业的力量。

打造共生关系，调动员工的积极性

戴夫·帕卡德，1912 年出生于美国科罗拉多州的普韦布洛。1936 年，他与比尔·休利特一起创立了休利特-帕卡德公司，即惠普公司。他们当时工作的车库后来成为硅谷发祥地的纪念标志。惠普公司经过几十年的发展，成为生产计算机与电子产品的国际性大公司。

到 20 世纪 40 年代末，惠普公司的资产已接近千万美元大关，成了硅谷的明星企业。1959 年，正当惠普公司在帕卡德的领导下蒸蒸日上时，他注意到公司员工的热情似乎不高，这是为什么呢？帕卡德对此有些迷惑不解。

惠普公司的股票自1957年公开上市以来，股价节节攀升，成为华尔街的宠儿。在这样的公司工作难道还有什么怨言吗？当帕卡德婉转地问公司的一名检测人员时，这位员工告诉他："是的，我的确为在这样的一个大公司工作感到自豪。但是，作为一名员工我却并没有感到是企业的主人。工薪的确在上升，但老板还是老板，伙计还是伙计。"

听了这一席话，帕卡德陷入了深思。应该让大家都成为公司的主人，这样所有人才会齐心协力把公司搞好。第二天，帕卡德在公司的记者招待会上正式宣布，惠普公司为调动员工的积极性，为把公司发展的巨大利益分配给辛勤工作的员工，将推行员工持股计划。这就是后来风靡美国的ESOP(员工持股计划)。

帕卡德把公司股票分阶段按工作年限分给员工。员工作为公司主人，立即面貌一新，惠普公司销售、生产各方面均呈现出一派新的气象。

惠普公司首创并推行员工持股计划，从根本上改变了过去那种老板与伙计的劳资关系，使员工成为老板的合伙人，可以参与企业发展的利润分配，从而建立起员工与企业间休戚与共的紧密联系、俱荣俱损的共生关系。这种举措的激励作用可想而知，影响非常巨大。

马云曾说，优秀的领导者绝不是依靠股份多少来控制公司，而是以卓越的领导力来领导公司。每一个领导者都要懂得财散人聚、财聚人散的道理，将公司的利益适当让渡给员工，既提升了员工的收入水平，又能使员工产生主人翁之感，一举两得。这样的公司必然能够从员工那里获得非同寻常的忠诚度，从而使企业充满活力，获得竞争优势。

把权力和利益适当让渡给员工，给予员工足够的空间，调动每一位员工的积极性，这样就能发挥团队的整体作用，把团队的力量发挥到极致，从而取得巨大成功。

第十一章　通情达理，激发团队合力

道歉——温暖人心的魔力之举

在管理学中，道歉是管理者与被管理者之间最具魔力、最能修复关系的举动之一。

道歉是管理中的一个魔力之举，它看起来非常简单，就像打高尔夫球一样。但是要真正地挥杆打出漂亮的一球，还是需要掌握这个特殊的技巧。也许这个技巧看起来非常容易，就是在员工面前承认自己的错误或是对员工说声“抱歉”，但是作为身份特殊的管理者来说，道歉并不是一件容易的事。

泰德是一位高级经理，他是一个典型的成功人士：聪明、温和、勤奋，总能按时完成任务。他有一个缺点，就是不善于与人交往。他发现自己与员工交往总是虎头蛇尾，且在不经意间会疏远走近自己的员工。他并不是有恶意，只是习惯性地会忽略了员工。他的疏忽让他总是忘记回电话，偶尔打一次电话还是询问对方的工作进展得如何。他必须学会如何发自内心地关心身边的员工，而不是总在有工作的时候以管理者的身份派下任务，清闲的时候却从不联系他们。

然而，也正是因为他的疏忽，他伤害了一位在工作和生活上与他最亲密的朋友——他的副手马歇尔。他为此寝食难安，不仅因为自己在公司的管理中没了参谋的人，更是因为这个朋友在他的生活中也非常重要。几乎每一件重大的工作安排，泰德都要和马歇尔商讨才会有信心去展开，生活上的每一件事都需要与他分享才会开心。他如今因为自己的错误而后悔。

泰德终于僵持不下去了，他写了人生当中的第一封道歉信。

亲爱的马歇尔：

我已经知道我犯下了三个错误：

第一，没有给你回电。你对我说的完全都是对的，我这样做真的很不对。作为我的帮手，在公司有什么临时的工作安排时，你的紧急来电我也时常忘记接听；作为朋友，我这样做更是不礼貌，伤害了我们的友谊。其实，我是因为自己的个人习惯而忘记接听电话的，我很清楚我应该改变。我的做法会让你感觉到我不重视你这个帮手，不关心你这个朋友。可事实并非如此，我甚至连我的妈妈、姐姐的电话都经常会忘接。我向你道歉，我一定要改掉这个坏习惯。

第二，那天关于公司的项目你提出的想法很好，我也非常认同。多年的合作中，你也应该清楚我不习惯发表意见，我不说话就已经说明我很赞同你的工作。可那一天，可能因为这个项目太重要，你总是在询问我的意见，我是赞许的，可我确实也没有什么意见可说。你一再追问，我就始终沉默着，然后你以为我对你的这一次重要的项目不上心。我并没有要用一个冷淡的态度泼你冷水的意思。所以，我要向你道歉。我希望能成为你的一个体贴、细心、宽容的伙伴。

第三，我不应该在这么长时间以后还不主动道歉。这一次因为项目的问题，让公司受了损失，你我都受了批评。我知道你心里肯定在抱怨我的冷漠导致你丢了积极性，所以习惯主动道歉的你这一次也沉默了。其实我已经清楚了这次错误的严重性，是我犯了错，可我却没有主动道歉。可是，马歇尔，这几天我非常不高兴。我真心希望这封信让你能够理解我并原谅我，让我们成为最好的伙伴、最理想的朋友。

你的朋友　泰德

马歇尔读完信后，心里非常震撼。他不敢想象工作中冷漠的上司、生活中冷淡的朋友居然给自己写了这样一封温暖热情的道歉信。他除了震撼，还有感动。他知道他骨子里是温和的，也正因为如此他们从工作中的伙伴成了生活中的朋友。马歇尔主动到了泰德家，两人重归于好，并且成了更好的朋友，把那个搞糟的项目又重新做了一遍。在泰德和马歇尔的共同努力下，这个项目完成得十分不错，公司也挽回了损失。

试想一下，如果泰德像之前一样不愿意向自己的副手马歇尔道歉，那么他的管理会陷入怎样的泥潭呢？他们之间又怎么维持伙伴和朋友的关系？如果不道歉的话，他们又如何才能做好那个项目？

管理者要学会道歉。道歉并不会花费太多成本，管理者甚至不需要放下自己的自尊，但道歉带来的回报却是巨大的，它会让你的管理如鱼得水，就像施了魔法一般。

给失意的人一点安慰

胜者为王，败者为寇，似乎是亘古不变的真理。成功者，是因为他们付出的汗水和心血比别人要多，理应得到鲜花和掌声。但是，那些失败之人呢？有谁曾想到过他们？他们一样也曾为了某个目标而艰辛地跋涉着，他们付出的并不比别人少，甚至比成功者还要多。但因为这样或那样不可预知的原因，他们与成功失之交臂，那么，他们的付出该不该得到回报呢？

有些领导者，往往只看到了少数成功的下属，毫不吝啬地将自己能想到的溢美之词全部赠送给了他们。但是，对于大多数曾经辛勤工作的失败者，领导者往往未加以重视，甚至忽略了他们的存在。好的领导者要记住那些失意的下属。

下属勤勤恳恳地工作，有时会取得好效果，有时却不能。在他们失败时领导者一定要给予鼓励，及时送上掌声。有时，你的一点真诚的安慰的作用会远超金钱和任何物质。

福特是美国石油大王洛克菲勒的好朋友，也是帮助他创建石油公司的伙伴之一。有一次，洛克菲勒与福特合资经商，因福特投资过大而惨遭失败，损失巨大。这使得福特心里很过意不去，甚至在街上看见洛克菲勒时都觉得没脸打招呼，只能解释说："太对不起了，那实在是一次极大的损失，我们损失了大约……"想不到洛克菲勒若无其事地回答道："啊，我们能做到那样已经难能可贵了，这全靠你处理得当，使我们保存了剩余60%的钱，这完全出乎我的意料，我应该为你鼓掌才是！"

没有人天生就是天才，也没有人生来就高人一等。既然如此，那又有谁能在成功的道路上一帆风顺呢？下属也会有挫折、伤痛，一切都是在所难免。下属跌倒了，领导者要鼓励他爬起来。当周围是一片冷嘲热讽的时候，谁又能够潇洒地爬起来？谁又能支持他爬起来？没准就永远不再爬起来了。倘若这时耳边响起了领导的安慰，即使这声音是那么单薄，下属也会试着重新站起来。

给失意的下属一点安慰，虽然它不是鲜花，也不是太阳，但它却可以像一滴甘露滋润他。职场的路上有太多的坎坷，也有太多的崎岖。当下属在黑暗中泪流满面时，领导者一定要想到：有一个希望就在自己的掌声里。

戒掉顽固，作出改变

在很多成功人士身上似乎都能看到这样一个特点：只有当一件事情符合他们自己的利益时，他们才会去做，包括改变自己。他们已经习惯了在进行选择时，观察风险和回报，然后还会问自己："这样做对我有什么好处？"

领导者在一定程度上来说也是成功人士，他们的成就同样也固化了他们的思维方式。在做一件事情前，他们总是喜欢从投资者的角度来衡量它的价值。在他们的心目中，以往的经验是可以保证自己未来的表现同样出色的砝码。他们会固执地认为："我做得对，其他人都是错的。"

这些都是领导者强有力的自我防御，说得通俗点，就是他们十分顽固。告诉他们“你的做法让很多人对你有成见”根本没用，他们已经不关心别人的想法了，因为除了他们自己的想法之外，所有的想法都是错的。唯一的办法就是管理者戒掉自己顽固的本性，逼迫自己作出改变。

约翰是销售主管，在销售部门里地位很高，他的能力相当出众，为人也很正直。他的最大缺点就是棱角太过突出，当然，也正是因为他有棱角、敢创新，才能爬到了今天的位置。他坐上了主管的位置后不久，他的棱角就成了他的麻烦。他在与员工开会的时候总要纠正他们的想法，并且坚持认为自己的方案比他们的更好。

自从约翰当上了销售主管之后，销售部门的业绩始终没有太大的提升，这让约翰也不得不自省。他应该清楚，若他再不作出改变，他很快就要离开主管的位置，为自己的顽固所引发的后果买单。

当然，领导者要戒掉顽固的本性是需要时间的。有些改变在领导者过往的经验中是不能改变的，而现在的新形势又迫使他们不得不抛掉过往经验作出改变，而这个改变需要很长时间的缓冲。

国内某大型空调企业的空调在北方非常受欢迎。该企业能稳稳地在北方站住脚，都是该企业的技术总监的功劳。在国内空调行业的激烈竞争下，该企业要想脱颖而出是很难的。然而，正是因为这位技术总监在设计空调的叶片时故意做得比其他品牌的小一些，该企业才真正地进入了竞争激烈的空调市场。他的这一做法，正是抓住了北方的特点：北方的夏天没那么热，人们对空调消暑的要求就没那么高；大部分北方人很节俭，叶片小就能省一些电。因此，该企业的空调在北方卖得非常好。

然而，2005年以后，随着全球气温的不断升高，北方的夏天也变得越来越热，而且持续的时间也越来越长。该企业空调占有的市场份额已经变得越来越少。

他一直在固守自己的“创举”。他认为自己的独特做法让企业变强，这一做法是企业最大的成功经验，必须要继续保留下去。但当他看到企业的销售出现一些小问题时，他决心对产品进行新的改变，但他始终没有动过空调的叶片，他认为叶片一直就是他们的优势。1年后，他的新空调并没有给企业带来转机，他终于意识到自己不能再顽固下去了，他要再一次改变空调的设计。这一次，他设计空调的时候又把叶片做得比标准空调的叶片大些了，因为近几年北方的夏天甚至比南方还要热，而且北方人的消费能力也变强了。就这样，该企业又迎来了自己的“春天”。

当管理者在企业里有了一定的地位的时候，就很容易变得顽固，这些顽固的原因最初可能是他们上位的法宝，可渐渐地就成了他们前进的拦路石。管理者要想真正地管理好企业，就应该抛开顽固，重新积蓄改变的力量。

关心员工的家人，聚拢员工的心

家庭幸福和睦、生活美满宽裕无疑是员工干好工作的保障。如果员工家里出了事情或者生活很拮据，上司却视而不见，那么对员工再好也无异于假惺惺。关心员工的亲人，可以使员工感到上司的平易近人和关心爱护，从而将企业当成自己的家。

通过员工的家属来做思想工作，比起上司亲自做省心多了。上司的批评可能会使员工产生抵触情绪，而自己家人的批评就能心平气和地接受。同时，关心员工的家属也能减轻下属的顾虑，使得员工以企业为家，能够更好地为企业效力。

据说，一个急得嘴角起泡的青年找到美国钢铁大王卡内基，说是因为家乡房屋拆迁妻儿失去了住处，要请假回家安排一下。因为当时业务很忙，人手较少，卡内基不想放他走，就说了一通“个人的事再大也是小事，集体的事再小也是大事”之类的道理来安慰他，让他安心工作。不料，这位青年被气哭了，他气愤地说：“在你们眼里是小事，可在我是天大的事。我妻儿都没住处了，你还让我安心工作？”卡内基被这番话撼住了。他立刻向这位员工道了歉，不但准了他的假，还亲自到这位青年家中去探望了一番。

后院失火，员工自然无心工作。一个优秀的上司，不仅要善于安排员工，更要通过替员工排忧解难来唤起其工作主动性，要替员工解决后顾之忧，让其生活安定下来，集中精力全力以赴地投入工作中。

福特公司闻名于全球，公司的文化也是十分人性化。有一天，公司的社会部长马金博士在整理资料时，发现在一个分厂报告中提到了一名叫乔治的70多岁的黑人员工，家庭十分贫困，始终不肯退休回家，仍在公司的停车场干活，这让马金博士非常震撼。于是，他立即吩咐一个年轻的员工：“你辛苦一下，亲自到那个部门去看看吧。”调查结果是乔治的视力已经严重退化，几乎已经失明。

“这个员工的家庭条件怎么样呢？”马金博士问道。

“他的太太还可以工作，她说如果有合适的机会的话，她很想工作。他们家住的房子还有几间是空着的。另外，他太太还有一个25岁的孩子，他在别的工厂工作，每周工资是25美元。”

“那就好，我们有办法来解决这个问题了。”马金博士立刻决定，先把他们的那个孩子叫到福特工厂来上班，每天的工资是6美元，但条件是他必须要负责赡养自己年老的父母。

乔治家里还有空着的房间，马金博士吩咐下属为其寻找适合的房客。乔治的太太可以做一些洗衣服的工作，而乔治则可以在家附近给别人家看看房门。这样的工作很轻松，他做起来完全没有问题。就这样，在马金博士的关心下，乔治家里的每个人都有了自己的工作，家庭收入很快就增加了两倍以上，他给乔治家带来了温暖和幸福。

像关心自己的家人一样关心公司员工的方针，使福特公司的每一个员工都倍受感动，他们觉得公司就是他们的另外一个家。在这种以公司为家的思想鼓舞之下，员工的主人翁精神得到了前所未有的体现，福特公司的生产效率也得到了明显的提高。为下属解决后顾之忧应该做到以下三点：要摸清下属的基本情况；关心必须出于一片真心；上司对下属的帮助也要量力而行，不要开实现不了的空头支票。

善待老员工的企业才能蒸蒸日上

“老吾老以及人之老，幼吾幼以及人之幼”，这句古语教会了我们做人的道理。这个道理也同样适用于团队管理之中。那么，在团队管理中应如何“老吾老以及人之老”呢？

稻盛和夫在企业管理中始终以利他的思想来作为指导。他十分重视员工的利益，即使在经济危机时，他还是向员工作出承诺，绝不裁员。当然，他也十分重视在企业中安置、任用老员工。正是由于稻盛和夫这种绝不将老员工弃之不顾的人文关怀，使得他经营的企业渡过一次次的难关，跻身世界500强。

老员工是企业中的一个特殊群体，他们是开拓者，是先行者；他们见证了企业的发展历程，与企业一同经历过失败与成功；他们忠诚地服务于企业。不能将老员工弃之不顾，要善待老员工，让他们继续发光发热，为企业的发展贡献力量。

每个人都有一个最佳的工作年龄阶段，老员工在企业开创时，奉献了自己的精力、体力、才能。等过了这个阶段，人创造财富的能力就会下降，如果企业在这时抛弃了老员工，是不道德的。企业的财富不是凭空而来的，而是一步一步地积累起来的。尽管一些老员工因年龄关系不能再工作了，但这里面有他们的功劳，应该让他们得到一份享受。

有一些企业一方面不遗余力地培养新人，不惜花大量时间、精力和金钱培养年轻人，另一方面却对老员工越来越冷漠、甚至排挤他们。这样做其实对谁都不好。今天的新员工就是明天的老员工，如果企业不能善待老员工，哪个新员工还有心在企业里待下去？外面哪个人才还敢到这里来服务呢？

其实，善待老员工更有助于企业的发展。企业善待老员工一方面可以给企业做宣传，吸引新的人才；另一方面，老员工相对熟悉公司的各种制度、经营状况，他们可以带新的员工熟悉公司，而且还可以给新人树立榜样。善待老员工的企业能形成一种人气旺盛、内和外助的氛围，在这种氛围中发展的企业当然能蒸蒸日上、蓬勃发展。

有一位公司领导者在谈到成功经验时说，他们之所以能够取得如此骄人的业绩，是全体员工共同努力的结果。企业现在拥有的所有资产不是他一个人的，也不是某个股东的，而是全体员工的，因为企业是全体员工创造的。

他又说，虽然企业现在吸纳了全球各地的人才，但他始终不忘老员工，凡在他的公司工作过的人，都能得到很好的待遇，特别是那些开创者，要让他们终身享受丰厚的待遇。

团队领导者既要善待新人，更要善待老员工，因为这是保证企业持续、稳定、快速发展所必需的。企业不能以改革为名，损害老员工的利益。只有保障了老员工的利益，才算是对企业的前途负责任。

团队领导者应该把保证每位职工得到自己应得的利益看成是企业追求的一个目标。企业是大家的，应该由大家创造、由大家分享企业的一切；企业也是服务于每个人的，这个重要思想应一直贯穿在企业活动中。

倾听员工的声音

在一个群体中，要使每一个成员能够在共同的目标下，协调一致地努力工作，就绝对离不开沟通。那么，身为领导者，怎样才能让员工听进去，把决策执行下去？

如今，上下级之间不再是单纯的命令与服从的关系。单方面的命令并不能让员工心服口服，一个善于沟通的领导者要先学会倾听，善于倾听不同的声音，不断地吸纳各方面的合理意见和想法。

1号店的创始人兼董事长于刚很注重倾听员工的声音，在1号店，CEO午餐会议已经成为一种独特的企业文化。当然，CEO午餐会议并不是指1号店内部的会议都是在午餐的时候进行，而是指1号店的员工会不定期收到一封来自CEO的邀请一起午餐的邮件，收到邮件的人不分职位等级，不分岗位。收到邮件的员工不仅享有一份CEO买单的免费午餐，还可以获得一次30分钟左右与1号店CEO面对面的交流机会，这种机会可不是每个人都能有的。

当然，CEO午餐会议的主要目的是领导者面对面听取员工最直接的心声，比如：1号店与其他电商公司相比哪些方面做得比较好？哪些又做得不够好？目前在工作中，你面临的问题是什么？你觉得1号店还有哪些是可以提高的？你对你的上司怎么看？……针对员工提出的问题，CEO也会给出一些合理的意见和解决问题的方案。

“现代管理学之父”德鲁克认为，信息交流是双向的，领导者要向员工传输任务信息，员工要向领导者及时反馈有关任务执行情况的信息。领导者定期抽出一定的时间和下属交谈，倾听下属的意见，这样能使管理卓有成效。

世界500强企业之一的百安居因完善的沟通反馈制度曾在英国当选“最佳雇主”。总部的各个部门每个月都会召开一次“草根会议”。会议上任何员工都可以提出问题和建议，公司高层领导会分别参加各个会议，面对面地了解员工的想法，公开对话。在下一次的草根会议上，公司高层会向员工通报问题或建议的解决进度，继续征求员工的反馈意见。

除此之外，百安居还通过其他渠道让员工反映问题。公司专门设立了一个对员工免费的24小时录音电话，叫作Easy Talk，员工可以跟总裁或总经理反映任何问题。每天都会有人去接听并整理电话内容，然后汇报给高层，并会定期给反馈。另外，员工还可以写信到专门的电子邮箱或者打电话。

由此可见，倾听是管理者与员工有效沟通的基础，管理者要学会认真倾听下属的意见。有些企业领导者似乎天生喜欢发号施令，或者认为只有不断地下达命令才能显示出自己的权威。对于那些来自于员工的意见，他们常常显示出不耐烦，固执地认为小人物只有执行命令的资格。殊不知，倾听也是一种领导力量。若不用心了解下属的心声，很可能会失去最得力的干将。企业管理层只有注意倾听周围人的意见，才能进一步推动工作，在信赖别人的同时也能够得到别人的信任。

鼓励优秀，理解平庸，苛责不靠谱

现在的竞争越来越激烈，企业竞争靠的是实力，而实力主要来自于企业拥有的一批高素质的员工，他们是企业的宝贵财富，是企业成功的关键。如何有效地调动人心，激发员工的积极性，使员工对企业更加忠诚，更尽心尽力地完成工作，这是每一个企业领导者都希望做到的事情。那么，应如何有效地调动员工的工作热情和积极性呢？聚美优品的管理之道值得我们借鉴。

2014年5月16日，聚美优品在美国纽约证券交易所正式挂牌上市，市值约38.695亿美元。根据开盘价计算，31岁的陈欧身价达到了15.75亿美元，成为纽交所自成立以来222年历史上最年轻的上市公司CEO。而聚美优品的各个投资人也是赚得盆满钵满。

聚美优品能在短短4年间走到在美国上市的程度，与它的人才管理机制有很大的关系。在人才管理上，聚美优品一直推崇一个信条："鼓励优秀，理解平庸，苛责不靠谱"。这种充满狼性的文化，虽然会使聚美优品内部的冲突暴露，但对于快速成长中的聚美优品来说，也不失为预防管理问题的一剂猛药。

鼓励优秀。

为了"鼓励优秀"，陈欧在聚美优品努力打造一种扁平化的沟通氛围，每个人都可以找他聊天谈话，把想法和问题说出来一起讨论。对于聚美优品的员工来说，在公司获得的幸福感不是因为福利，而是因为公司提供的公平机会，真正能追求自己的梦想。聚美优品的每个员工都知道，自己的公司正在改变着很多人的生活，这本身就是一件了不起的事。

同时，在聚美优品，每个人的岗位权责都清晰明确，陈欧希望自己的下属都是能够独当一面也勇于承担的精兵悍将，聚美优品里没有来养老的人，只有想实现自己价值和梦想的人。在公司高速发展后放权，是考验一个团队领导者的一关。关于放权，陈欧有着自己的心得："放权是让他能犯一个可以扛得住的错误。作为管理者，需要做的是制定规则，让每个人的岗位能承担一个扛得住的风险。"聚美优品之所以可以用不高的薪水请到好的人才，也正是由于这个平台的吸引力。

正因为聚美优品这个"鼓励优秀"的政策，使得这个年轻团队中的每一个人都有一颗想成为精英的心。这就需要年轻人朝气蓬勃、充满激情、有战斗力，要敢想敢做，能为自己的梦想去努力、主动争取机会，做好充分准备；能勇于承认同行比自己做得好的地方，学习人家的优点，也能及时看到人家存在的问题并引以为鉴。

理解平庸。

尽管陈欧无法容忍自己是一个平庸的人，但他也深知要让一个公司的每一个人都是精英是很困难的事，因此他选择"理解平庸"。建造一栋楼房，需要大块的砖头，但也需要碎石和水泥。虽然看上去是那些大石头在承担着遮风挡雨的工作，但是那些碎石和水泥也是必不可少的原料。每个企业中都会有一些员工能力不是特别强，但是其具有的一些优良品格，使他们能在优秀的员工间起到穿针引线的作用。这类员工的存在，从长期来看，有助于企业组织结构的牢固。他们对企业来说同样是一笔巨大的财富。

其实，一个企业的真正实力不在于有多少有用的人，而在于能让一个人发挥出多大的效力。如果不会用人，那么即使再多的人才也没有用，反而会因为彼此都有棱角而发生摩擦，影响工作。如果会用人，能够让每个人都发挥出最大的能量来，那么即使是一群普通人，一样可以做出不凡的业绩。

苛责不靠谱。

一个公司要想持续地高速发展，需要每一个员工都能够同步成长。但并不是每一个人都能成长得这么快。

针对聚美优品高速成长带来的一系列问题，陈欧没有对那些不靠谱的员工继续保持和气，而是选择“带头苛责”他们。当然，苛责并不是陈欧的最终目的，这只不过是激励下属进步的一种手段。

陈欧的“苛责”是讲方法的，他会根据每个掉队者的不同性格，进行区别对待。有些人需要鼓励，陈欧就会告诉他“你做得很好”，一句话就可以让他自我激励，下次做得更好。有些人性格特别好强、好面子，第一次犯错或掉队时被提醒后就不希望再被说第二次，会拼命追上来。陈欧就会在他掉队的第一时间给予他适当的苛责，快速激发他的战斗力。

对聚美优品高层以及早期的合作伙伴，陈欧的要求更是特别严厉，一如他对自己的苛刻。在陈欧看来，他必须要对公司管理层提出严厉要求，原因主要有两点：于公，管理层被赋予了极重的责任和极大的权力，与陈欧一起承担着责任和风险；于私，在整个公司里面，陈欧与他们感情最深，关系最密切，自然觉得有义务督促他们快速成长，他希望每个人都能快速成长，不掉队。

因此，在公司里，陈欧经常对管理团队说的一句话，就是“尊重是靠自己挣的，不是靠别人给的”。在陈欧看来，一个公司要想做大做强，是绝对不能让感情凌驾于理智之上的。尽管他十分看重大家和他一起打拼的情谊，但在跟公司有关的一切事务上，陈欧一直秉持的观念就是“重情义，靠本事吃饭”，他绝不会为了顾及情谊而阻碍公司的发展。

在陈欧的影响下，整个聚美优品团队形成了一种狼性文化氛围，这种氛围让每一位管理者都深刻地意识到：只有在其位谋其事，做出相应的业绩，才能获得尊重。

管人先管心，带人要带心！调动人心，激发团队的工作热情和工作动力，才能提高团队执行力，提升团队业绩，身为领导者一定要注意这一点。

抓住错误不放，是最愚蠢的做法

当员工做错了某件事的时候，公司领导者的批评是必要的。批评的目的是唤起员工的责任心，让他改正缺点，使他以后不再犯类似的错误。然而，不是所有的批评都可以达到这样的目的，因为批评和被批评的时候通常不是在平心静气时进行的，并且，当员工受到过多批评时情况将更加糟糕。英国行为学家波特曾说过：“当遭受了许多批评时，下属往往只记住开头的一些，其余的就不听了，因为他们忙于思索论据来反驳开头的批评。”团队领导者不应该整天把员工的某个过错挂在嘴上，并喋喋不休地反复唠叨。

人有被赞扬、被肯定的心理需要，最佳工作效率来自于高涨的工作热情。当员工认识到自己的错误后，团队领导者应该立即结束批评。一般情况下，表扬、激励员工的效果可能比批评更好。在对员工提出批评的时候，最佳效果是让员工知道他们从批评中学到了什么才可以。作为团队带领者，应该像对待朋友一样去对待员工。

一个成功的领导者，往往非常注重对犯错的员工进行指导，他们不会死死地将自己的目光锁定在员工的错误上，而是会慎用批评、质问的语气。

举个小例子：杰克有两个哥哥，一家五口人相亲相爱，家庭很和睦。有一年秋天，三兄弟驾车去郊外旅游。两个哥哥已经有丰富的驾驶经验，杰克刚满16岁，几个星期前才把驾照考下来。大哥和二哥商量后决定，在繁华的市区由他们两人驾车，到人烟稀少的地方就让杰克练练手。到了郊外，杰克开着车，与两个哥哥有说有笑，不知不觉间加快了速度。在过一个十字路口时，他没有赶在红灯亮起来之前闯过路口，反而和一辆从侧面驶过来的大卡车相撞，大哥当场死亡，二哥头部重伤，杰克自己也腿骨骨折。

他们的父母接到这个消息后，马上赶到了医院。杰克很内疚，本以为父母会责怪他，没想到父母只是紧紧地将他和二哥抱在一起，默默地流泪。过了一会儿，父母擦干他们脸上的泪，像是什么也没发生过一样开始谈笑。杰克父母的行为真的很出乎所有人的意料——对于两个幸存的儿子，尤其是杰克，父母始终和蔼可亲，像往常一样。

好几年过去了，杰克问父母，那时候为什么没有责备他，因为大哥的死是因为他闯红灯而造成的。父母只是淡淡地说："你大哥已经离开了，不论我们再说什么或做什么，都无法使他起死回生，但是你还有漫长的人生。如果我们责备你，就会使你背负起'大哥的死亡是因为我'这样沉重的包袱，那么你也会因此而失去快乐、健康和美好的生活。"

多么明智的父母啊！从这个例子我们可以知道，事后的责备根本毫无用处，最重要的永远是人心和未来。只有不够理智的人才会毫无止境地指责和抱怨他人。团队领导者应该像杰克父母一样善解人意，关注的是员工的未来，而不是抓住过去的错误不放手。

将心比心，换位思考

如果真心想和别人共处，了解别人，就要学会换位思考。这样才能知道对方所需，才能相处融洽。先来看这样两则小寓言：

小羊和小狗是好朋友。一天，小羊请小狗吃饭，它准备了一桌鲜嫩的青草，结果，小狗勉强吃了几口就再也吃不下去了。过了几天，小狗请小羊吃饭，小狗想，我不能像小羊那样小气，我一定要用最丰盛的宴席来招待它。于是，小狗准备了一桌上好的排骨，小羊却一口也吃不下去。

在高山上的狮子和平原上的老虎之间爆发了一场激烈的冲突，最后两败俱伤。在狮子快要断气时，它对老虎说："如果不是你非要抢我的地盘，我们也不会弄成现在这样。"老虎吃惊地说："我从未想过要抢你的地盘，我一直以为是你要侵略我。"

看完这两则寓言，很多人都不禁哑然失笑。但是笑过之后，我们不妨想一想其中的问题。小羊与小狗都很热情好客，彼此都把对方当成最尊贵的客人，拿出自己认为是最好的食物来招待对方，结果却弄巧成拙，不但没有达到招待好对方的预期效果，反而给对方留下了一个"小气"的印象；狮子与老虎本是毫不相干的，一个生活在高山，一个生活在平原，却因为互相猜疑而爆发了一场毁灭性的决斗，最终落得两败俱伤的下场。

其实小羊与小狗、狮子与老虎犯了一个相同的错误，那就是一味地强调自己，而没有充分地了解对方，没有站在对方的立场上思考问题，所以才出现了不该出现的结果，发生了不该发生的一幕。

领导团队也是如此，领导者在工作中必须学会换位思考，站在对方的角度去思考才能打动他，让他服从于你，也只有这样才能避免发生误会，进而融洽地合作。

我们没有必要把自己的想法强加给别人，但必须学会从他人的角度来思考问题。英国有一句谚语："要想知道别人的鞋子合不合脚，穿上别人的鞋子走一走。"作为企业的领导者，身处高位，一定要有风度和宽阔的心胸，多去主动体谅他人、理解他人，多站在他人的角度思考问题，而不是总等着别人来体谅自己。

图书在版编目（CIP）数据

三分管人，七分带人：带团队就是这几招 / 星野编著. —杭州 ：浙江人民出版社，2018.4

ISBN 978-7-213-08462-1

Ⅰ. ①三… Ⅱ. ①星… Ⅲ. ①企业管理-人事管理 Ⅳ. ①F272.92

中国版本图书馆CIP数据核字(2017)第290898号

三分管人，七分带人：带团队就是这几招

星 野 编著

出版发行 浙江人民出版社(杭州市体育场路347号 邮编 310006)
市场部电话:(0571)85061682 85176516

责任编辑 郦鸣枫

责任校对 杨 帆

电脑制版 武汉鑫美图文设计有限公司

印 刷 浙江新华印刷技术有限公司

开 本 710毫米×1000毫米 1/16

印 张 14

字 数 175千字

版 次 2018年4月第1版

印 次 2018年4月第1次印刷

书 号 ISBN 978-7-213-08462-1

定 价 36.00元